Gertraud Klemm

Aberland

Roman

Literaturverlag Droschl

A home filled with nothing but yourself. It's heavy, that lightness. It's crushing, that emptiness.

Margaret Atwood, *The Tent*

1

Franziska

12. Mai 2013
Einladung zum Muttertagsbrunch
12,90 € PP Buffet mit Tepanyaki Grill
China-Restaurant „Glücksdrache"
in Kaiserbad
ab 11 Uhr
Muttertagsüberraschung für jede Mutti!

Das rote Billet in halber Herzform ist sichtlich von Kinderhand ausgeschnitten worden, Franziska klappt es auf, auch die Zeichnung lässt keine Zweifel offen, in der Mitte des Herzens eine Art Qualle, das soll wohl sie sein, sie wird das Billett auf die Küchenablage stellen, wo es sich einen feinen Fettfilm zulegen darf, bevor sie es im Sommer in die Aufbewahrungsbox legen wird, auf die ersten Handabdrücke in Fingerfarben, die kleinen Wollküken und die invaliden Kastanientiere, sie heben alles auf, was Manuel im Kindergarten produziert, die sogenannten Zeichnungen, auch wenn da gar nichts ist außer einer zornigen Linienführung, am Monatsende erfolgt die Übergabe an die Mutter, kein großer Künstler, sagte die Pädagogin unlängst lapidar, wie fast alle Buben, sie sieht Manuel, die Faust trotzig um den Stift geschlossen, wie er auf das Papier einsticht und dabei ist, es aufzuschlitzen, käme nicht die geübte Pädagoginnenhand ins Bild und sorgte dafür, dass es auch wirklich eine Zeichnung wird, jetzt muss sie aber erst einmal sitzen bleiben, das mit dem Frühstück hat schon ganz gut geklappt, Tom hat sich bemüht, er tut es noch, er trägt das schmutzige Geschirr einzeln zum Küchenblock, wie viel Zeit er mit seiner Umständlichkeit vergeudet, und er trägt die Teller schief, eine mehrspurige Bröselbahn hinter sich herziehend, Franziska ist angehalten worden, heute sitzen zu bleiben und endlich einmal Zeitung zu lesen, sie kann ihnen natürlich auch beim Arbeiten zusehen, also erfreut sie sich entschlossen an ihrer Familie, sie hört die Stimme ihrer Mutter, *Franziska hat einen sportlichen Tiroler geheiratet, der sich als liebevoller Ehemann herausgestellt hat und, was noch wichtiger ist, als leidenschaftlicher Vater,* und sie versucht gnädig zu sein mit ihrer Mutter, wann, wenn nicht heute.

Er übernimmt die Aufgaben, die sie versucht auf ihn zu übertragen, Stück für Stück, nie sieht er das große Ganze, leider, aber geht es nicht ums Einander-Verzeihen, ums Hinwegsehen über die kleinen Hügel der Inkompatibilität, hinter ihnen eine abendstimmige Vergangenheit, vor ihnen eine sanft morgengerötete Zukunft, doch, das können sie ganz gut, aber reicht es, um sie von der Notwendigkeit eines zweiten Kindes, jetzt, zu überzeugen, keine Babysehnsucht, leider, ist ein Kind nicht genug, denkt sie, nein, da legt sich der Tiroler in Tom quer, mindestens zwei zur Arterhaltung, ab drei wird es erst eine richtige Familie, Bergbauernkind, Tom steckt die Teller in den Geschirrspüler, ohne sie vorher abzuspülen, während Manuel mit dem Bobby Car um den Küchenblock rast, und die Teller stecken nicht parallel, das sieht man doch schon von hier, aus der Perspektive der abkommandiert faul bei Tisch Sitzenden, natürlich keine Katastrophe, sondern einfach ein Ärgernis, ein kleines Versagen, ein weiteres Argument gegen ein zweites Kind, jetzt, Manuels Lärm an- und abschwellend, eine Kreissäge, die ihre Gedanken filetiert, von hier sieht sie auch die glänzenden Flächen des Küchenblocks, Tapp- und Schmierspuren formen einen milchigen Gürtel, der das Lackfurnier umspannt, die Vormittagssonne sieht alles, ihre Bulthaup-Küche, dem ist eigentlich nichts hinzuzufügen, das Prestigeobjekt in ihrem Haus, erst Manuels Gehhilfe und dann Aktionsfläche für seine speichelreichen Küsse, immer hat sie Bluthaupt gelesen und sich gedacht, was für ein geschäftsschädigender Name, es würde doch schon reichen, die Notwendigkeit eines zweiten Kindes zumindest anzuzweifeln, und immer nur reden sie über ein zweites Kind, jetzt, das Schlimmste ist zwar schon vorbei, die Zeiten, als Manuel halbzerkaute Nahrungsreste und Speichel mit der ganzen Hand zu einem Brei verrieb, auf dem Holzboden, auf den Glastüren, der Gedanke an eine Neuauflage des Schwarzbuchs Kind, plus Verdoppelung von allem, was immer an den Frauen hängen bleibt, Wäsche, Windeln, wache Nachtstunden, Okkupation im Bett, am Schoß, der heute immer noch selbstverständliche Griff in Franziskas Ausschnitt, obwohl Manuel schon vor Jahren abgestillt werden wollte, eine kleine Panik bäumt sich auf, und dazu eine Wut auf Tom und seinen anmaßenden Lebensplan, sie veratmet beides, Ujjayi, die siegreiche Atmung durch die Stimmritzen, der Ozean in ihrem Kopf rauscht sanft, Manuel hilft mit, beherzt trägt er seinen Becher hinter Tom her, Tom lächelt, sieh her, heißt dieses Lächeln, das kann er schon, man kann nie früh genug beginnen, oder, und sie lächelt zurück und denkt, ein Tag im Jahr ist nicht genug, und auch jedes Wochenende wäre nicht genug, es ist nie genug, Schatz, und wir werden wieder darüber diskutieren, wie so oft in letzter Zeit, Abende, die mit einer guten Flasche Wein beginnen und auf eine harmonische Zweisamkeit zulaufen, werden auf halber Strecke entgleisen, jede Familie hat so ihr Thema, bei ihnen war es der Altersabstand der Kinder, Toms Blick wird wieder weinerlich werden, weil der Altersabstand sich bedrohlich vergrößert, während sie darüber diskutieren, wächst die Kluft zwischen den Geschwistern, die er immer mit ausgebreiteten Armen nachgestikuliert, ist das nicht ein Justament von ihm, wenn ich nun nicht nur kein zweites Kind, jetzt, will, denkt sie, sondern gar kein zweites mehr, man müsste dankbar sein für seine Fruchtbarkeit, man müsste die Arme ausbreiten und das Leben einfangen, sie sieht sich den brüllenden Manuel in seinem Stubenwagen mustern, wie sie ihn nicht schon wieder anlegen kann und ihn nicht herumtragen will, wie sie nicht auf diesem schrecklichen Gymnastikball wippen will wie eine Schwachsinnige, so steht sie vor dem Stubenwagen und starrt in das dunkelviolette, vibrierende Loch hinein, aus dem sie die Schallwellen kommen sehen kann, wie sich die Luftmoleküle unter dem Gebrüll verschreckt zusammenpressen und in den Raum geschleudert werden, wie das Gebrüll sich in jedes Eck des Hauses verbreiten wird und immer neues Gebrüll nachproduziert wird, ausgehend von der Bauchmuskulatur ihres Kindes, das irgendein Problem hat, aber immer noch Kraft, sie sieht sich das Kind aus dem Stubenwagen nehmen und es weit von sich strecken, die Arme werden ihr schwer von den dreieinhalb Kilo, die sie nicht in Berührung bringen will mit ihrem eigenen Körper, lachhaft, es ist schon lange nicht mehr ihr Körper, es ist jedermanns Luststätte, Labstelle, Raststätte, Brutraum, und mittendrin der glasklare Gedanke, ihn einfach fallenzulassen, um endlich schlafen zu können, und ein paar Momente später die Reue mit einer Schärfe, als hätte sie es wirklich getan, der Wunsch nach Selbstzüchtigung, als er drei Wochen alt war, sechs Wochen, der kleine rosa Brüllapparat, der Parasit, sein gerillter Gaumen hatte sich an ihrer Brust festgebissen, die zwar schon unempfindlicher war, aber immer noch durch eine opake Nabelschnur Milch abstottern musste, Schreibaby heißt der Fachbegriff lapidar, Tom verstand, dass Schreibabys schreien müssen, Franziska nicht, sie konnte mit

den guten Ratschlägen, die in der Schreibabyambulanz am Fließband ausgegeben wurden, nichts anfangen, sie war eine dieser Frauen, die wie Zombies in den Gängen wandelten und ihre defekten Kinder hilfesuchend von Psychologinnen und Kinderärzten inspizieren ließen, einzig die Säuglingsschwester, die in der Aufnahme saß und die Daten einklopfte, hatte ein bisschen Mitgefühl für sie, von ihr kam auch der Tipp mit der Stimmritzenatmung, sie legte ihre fleischige Hand auf Franziskas Schulter, vier ein, zwei halten, vier aus, zwei halten, Franziska nickte und atmete und wollte ihren Kopf in den weichen Schoß der Schwester legen, heulen und alles gestehen, was fast passiert wäre, sie wollte, dass die Schwester mit dem zu engen Mäntelchen sie an die Hand nahm und mit ihr den Abgrund begutachtete, den Franziska und nur Franziska gesehen hatte, und dann hätte die Schwester ihre Grübchen lachen können und sagen: Das ist doch ganz normal, und glauben Sie mir: Sie werden Ihrem Kind nichts antun.
Und gerade als Manuel ein bisschen robuster war, als er endlich mit dem Schreien aufhörte, als er ordentlich trinken konnte und ihr dabei in die Augen sah, als die Liebe über das schiere Gewährleisten des Überlebens hinauszugehen schien, spuckte er die Brust aus, drehte den Kopf weg und begann sich rückwärts schiebend die Welt untertan zu machen, immer weg von Mama.

Das Argument mit der schlafenden Dissertation zieht nicht bei Tom, so vieles ginge zu Hause, Abendstunden, die vor dem Fernseher versickern, wollen genutzt werden, in Arbeit oder zumindest Beziehungsarbeit investiert werden, ein zweites Kind, jetzt, denkt sie, und wie der Tag sich wird dehnen müssen, um für ein zweites Kind und ein Studium Platz zu schaffen, mit Dehnung wäre es nicht getan, Einschnitte wären es, zwischen den Wundrändern könnte man dem Tag kleine

Zeitportionen abtrotzen, ein klaffendes Leben, das nur die Jahre heilen könnten, Zigtausende von überquellenden Windeln passen hinein und Fehlversuche, rudernde Arme in Ärmel zu stecken und Schuhe über bockige Fersen zu ziehen, Franziska kann nicht anders, Essen und Ausscheiden, Wischen und Waschen, Nachtwache und Unschlaf, sie sieht Tom dabei zu, wie er jetzt zum Beispiel Manuels Hinterkopf hält, während er endlich die Reste von Ei und Marmelade aus den Mundwinkeln wischt, für alles kann man ein Feuchttuch verwenden, findet Tom, für das Marmeladegesicht und fäkalienverklebte Hoden, für die Reinigung der Klobrille und wenn das Kind ins Auto gekotzt hat, null Reinigungskompetenz, man kann ihm keinen Vorwurf machen, ihm nicht und den meisten Männern nicht, sie sehen die Angelegenheit mit den Wohnungen und Küchen und Kindern nur aus einer Zuschauerperspektive, sie schaffen den Sprung auf die Bühne nicht, sie applaudieren gerne und sie zahlen den Eintritt, aber wenn die Bühne leer bleibt, sehen sie sich um und werden nervös, bis eine Mutter oder Schwiegermutter den Mama-Part übernimmt, man muss als Mutter schon sterben oder langfristig verschwinden, damit so ein Mann wahrhaftig an die Stelle einer Mutter tritt, mit hängenden Schultern und viel Empathie aus dem Publikum.
Nein, die Hilfe, die Franziska bräuchte, wird nicht kontinuierlich dosiert werden, sondern da werden Schwälle und Dürreperioden einander abwechseln, wie bei Manuel, aber sollte sie nicht dankbarer sein, in anderen Beziehungen ist es umgekehrt, da müssen die Männer von der Notwendigkeit einer Mehrkindfamilie überzeugt werden, da kommt mit der ersten Selbstständigkeit der Kinder das Kind im Manne zurück, da geht es direkt von der Vaterrolle in die erste midlife crisis, Motorrad, Heliskiing, Triathlon, was auch immer, sollte sie nicht in diesen sauren Apfel beißen, der gar nicht so sauer ist, immerhin hat sie sich diesen Mann ausgesucht, aber wenn Tom

nachts die Arme nach ihr ausstreckt, spürt sie, dass ihre Vagina sich zusammenzieht wie ein beleidigter Mollusk, es hat etwas mit der Wut auf Tom zu tun, aber natürlich auch damit, dass die Möglichkeiten für Liebe sich auf organisatorische Inseln zurückziehen, es darf nicht zu früh sein, weil Manuel in der ersten Schlafphase hellhörig ist, und nicht zu spät, weil der Schlaf sonst übermächtig wird, und auch Franziskas Magenschmerzen haben mitzureden, und meist kommt ihr der Sex vor, als kratze sie einen Juckreiz, Toms Juckreiz, Tom sitzt jetzt auf dem Fußboden, wo er ein Puzzle ausbreitet, und Manuel läuft zuallererst einmal wie ein Verrückter durch das Puzzle durch, in Wellen bricht das Testosteron über diese kleinen Körper herein, jagen, werfen, zerstören, töten, all das will gelernt werden unter der Fuchtel der Hormone, ein Puzzleteil verschwindet unter der Couch, Tom lächelt verständnisvoll, sie muss sich zusammenreißen, dass sie jetzt nicht aufspringt, erst das Puzzleteil retten und sich dann zum Trainieren zurückziehen, ein bisschen Yoga, und auch die Wäsche ginge sich noch aus, sogar ein wenig Gartenarbeit, all das ließe sich noch in den Vormittag hinein schlichten, aber noch ist Muttertag, und heute wird nicht gearbeitet, dass sie nicht einmal heute tun darf, was sie will, weil sich die Mutterschaft mit ihrem behäbigen Arsch auf Franziskas Zeitmanagement niedergelassen hat. Etwas später wird sie im Keller auf dem Rücken liegen, dankbar, weil Tom Gedanken lesen kann und sie auf ihre Yogamatte geschickt hat, geh doch trainieren, sagt er mitten in ihr Selbstmitleid hinein, ich geh mit Manuel auf den Spielplatz, Liebe überschwemmt sie kurz, sie speichert das ab für später, und schnell macht sie sich auf, bevor der kleine Spalt wieder zugeht, sie läuft die Stiegen hinauf, zieht sich um, läuft in den Keller, sie sollte die Matte in den Garten legen, ins Gras, das würde besser zur Yogaphilosophie passen, aber das Gras wäre nass und immer sieht einem jemand zu, ihr Körper hat sich außerdem schon folgsam auf die Matte gelegt; bevor Manuel geboren wurde, trainierte sie im schönen hellen Studio einer ehemaligen Balletttänzerin, die sie mit genüsslicher Strenge an die Grenzen ihrer Kraft führte, aber das war nicht mehr leistbar, weder finanziell noch zeitlich, was geblieben ist, sind kräftigende Übungen in ihrer richtigen Reihenfolge, und während sie die seitliche Bauchmuskulatur auswringt, denkt sie wieder an ihre Zebrafische, es kommt wie ein altes Leiden immer wieder, das schlechte Gewissen, weil sie ihre Dissertation unterbrochen hat, es überlagert das Zittern in den Bauchmuskeln, und dann das Brennen, man zahlt den Preis, heute die Form und morgen die Funktion, der Körper vergisst keine Minute Bewegung, alles wird angerechnet, jeder Situp, jede Rückenübung, jeder Einkauf, den sie mit dem Rad absolviert und nicht mit dem Auto, wie weit ihre Zebrafische entfernt sind, nie hätte sie gedacht, dass ihre Arbeit so in den Hintergrund treten würde, jahrelang im Zentrum ihres Alltags, mit nassen Ärmeln im tropisch feuchten Fischhaus, das Gurgeln und Plätschern eine meditative Hintergrundmelodie.

Aber am liebsten versetzt sie sich in die Zeit davor, auf der »Humboldt« im arktischen Meer, wo sie ihre Planktonnetze auswarfen und nach Krill und Plankton, nach Zahlen fischten, sie sieht sich und ihre Kolleginnen als kleine Playmobilfiguren mit Käppchen, unter denen lange Haare Platz haben, in Labormänteln wuseln sie an Deck herum und breiten ein Stückchen Taschentuch über sich, wenn sie schlafen gehen, dann wird sie mit dem Wegschicken der Gedankenherde beginnen, indem sie die Gedanken aus der Wolkenform in eine Konzentration treibt, als könne sie sie diszipliniert in einer Reihe aufstellen und dann ausblenden, die Humboldt, Manuel, Tom, und an der Kippe zum Schlaf ist da ein kurzer, gedankenfreier Moment, ein Spalt, durch den sie eine Ahnung von Stille erhaschen kann.

Bevor sie aufbrechen zu ihrem jungen Ritual, den Muttertag beim Chinesen zu absolvieren, muss Tom noch schnell seine Mutter anrufen und ihr im krachendsten Tirolerisch, das er ausgraben kann, beichten, dass sich seit dem letzten Anruf nichts geändert hat, weder beruflich noch familiär, leider, Franziska sieht ihre Schwiegermutter vor sich, ihr Papageiengebiss am Hörer, Zähne von störrischer Gesundheit, nie um ihr Mitgefühl verlegen, das immer auf eine katholische Ungeheuerlichkeit auflaufen konnte, Tom geht auf und ab, während er nickt und Zuhörgeräusche macht, schnell noch umziehen, etwas, das auch Mutter gefällt, endlich beendet Tom das Telefonat, und als sie in das dunstige Lokal eintreten, sieht sie gleich in den Gesichtern der anderen Frauen, dass sie alle auf gleiche Weise über diesen Tag gebeugt werden, ein mildes Lächeln eint sie über pikant säuerlicher Suppe und glutamatgewürzten Soßen, Franziskas Magen übt einen kleinen Krampf, Manuel besteht darauf, nicht im Kindersessel zu sitzen, aber eine kompakte Kellnerin zaubert eine Sitzerhöhung hinter einem Paravent hervor, er grinst über beide Ohren, da kommen auch schon die Eltern, sie pflügen sich durch den Fettgeruch, der vom Tepanyakigrill ausgehend den Raum beschwadet, Mutter trägt grüne thailändische Seide, in der sie feist glitzert wie ein Rosenkäfer, Vater nobel in karamellfarbenem Cord, der teuer aussieht, Franziska sieht, wie Mutter ihr T-Shirt mustert, wenn die wüsste, dass sie es selbst nicht mag, seit der Schwangerschaft ein Problem mit Baumwolle, das Gefühl des Bewohntwerdens ist geblieben, vor allem die Haut, die so unmanierlich gedehnt wurde, empfindet die meisten Stoffe, ach was, sich selbst als Beleidigung, warum kann man eine traumatische körperliche Veränderung wie Schwangerschaft nicht längst auslagern, der veränderliche Körper, der sich allerdings unbeobachtet verändern will, vorzugsweise Metamorphose unter einem glänzendbraunen Panzer, sich verpuppen wie eine

Stubenfliege, ohne einen Funken Begehrlichkeit und Schwangerschaftssentimentalität. Larve rein, Kokon zu, Fliege raus.

Kaum sitzen alle, beginnt augenblicklich Toms Geplapper, er plappert sich in die Mami-Seele hinein und danach in die Papi-Seele, die sich ihm gleich entgegenstülpt mit all der schweren Kost des Pensionistendaseins: Unklarheiten mit dem Internetzugang, ein platter Autoreifen, und da ist ja auch Elias, und Manuel strampelt vergnügt und hält ihm sein kleines Händchen entgegen, augenblicklich schießt Elias diese Röte ins Gesicht, die immer schon kommt und geht, ohne Grund, unoriginell wie Wallungen. Er schält sich aus seiner Lederjacke, präsentiert seine sehr teuer aussehende Jeans, ein sehr gebügeltes Hemd, seine Juniorchefposition, seine Ungebundenheit, und da geht es auch schon zum Buffet, Manuel schaufelt den gebratenen Reis in sein Gesicht, und was nicht im Mund landet, kann danach mit Besen und Schäufelchen beseitigt werden, solange er nicht auf die Soßengerichte umsteigt, wird sich am Lächeln des Personals nichts ändern, diese Chinesen aus dem Chinarestaurantland, immer lächeln sie, immer rasen sie in die Küche rein und wieder raus, sie sind die eigentlichen Herrscher über das österreichische Gastgewerbe, der einheimische Wirt kann ihnen nicht das Wasser reichen, und um so wenig Geld bekommt man sonst nirgends so freundliche Bedienung und so viel Auswahl, hört man vom Nebentisch, Tom referiert über irgendetwas Steuerliches, während sich auf den Nebentischen für 12,90 Euro unter seinesgleichen vollgefressen wird, aber die Ellbogen liegen schön am Körper, Mutter fragt nach Neuigkeiten, sie zuckt mit den Schultern, bis die Frage herunterfällt, Franziska greift mit ihren Stäbchen nach dem glitschigen Tofu, Tom und Mutter loben Manuels Appetit, Franziska denkt an erbrochenen Reis und wie schwer der wegzuputzen ist, an Manuels Neigung zum Überfressen, diese Maßlosigkeit muss er von der Großelterngeneration vererbt bekommen haben, Mutters Schlemmen, der viele Käse und diese Vorliebe für fette Croissants, gar nicht zu reden von den Gourmetreisen der Eltern, widerlich fand sie die, wie sie sich durch das Salzburgerland fraßen und stromabwärts durch die Wachau, durch die Hügel der Südsteiermark, die Haubenrestaurants immer Hauptattraktion, Kunst und Kultur als Beilage in den Stunden, in denen auch einmal verdaut werden musste, sie versucht Manuel für ihre übriggelassenen Erbsen zu begeistern, eingezwickt zwischen Stäbchen und ein affiges Gesicht dazu, da erscheint Ralph in der Eingangstür und in Franziskas Brust springt eine Naht auf, bevor sie sich abwenden kann, um eben nicht zu grüßen, bricht Schweiß unter ihrem T-Shirt aus und eine Sehnsucht, ihn mit dem Blick zum Platz zu begleiten, er sieht Franziska gar nicht, liebevoll schiebt er eine rothaarige Lockenpracht mit geschwungener Taillenkurve vor sich her, die nur leicht von einer beginnenden Schwangerschaft begradigt wird, und bevor Franziska sich beschwichtigen kann, dass auch er ergraut ist und viel von seiner Kantigkeit verloren hat, ist er schon in den Nebenraum abgebogen und gibt den Weg frei für die ungebremste Qual der schönen Erinnerungen, wie lange ist das her, dass sie sich das letzte Mal gesehen haben, sechs Jahre, fast verklärt inspiziert sie diese Sehnsucht, die gleich wieder präsent ist, da hilft kein Glücklichsein und kein Neubegonnenhaben, der Geruch von Ralph und das Glück und Unglück mit Ralph sitzen tief im Gewebe von Franziskas Erinnerung an sich selbst, eine Franziska im Larvenstadium, eine unverpuppte Franziska, die sich weichhäutig ausgeliefert hat, es ist keine schlechte Erinnerung, durchwachsen von einer feinen Melancholie, dieser Gedanke wird anhalten, während Manuel unvermutet in die Reisschüssel greift und übermütig eine Handvoll Eierreis auf Vater wirft, und in Franziska bricht ein Damm, ein Wutschwall lässt sie aufspringen, fast schlägt sie Manuel, eine Ohrfeige platzt aus dem Schultergelenk, nimmt kraftvoll Anlauf, ändert knapp vor Manuels Gesicht den Kurs und stirbt in einem jähen Bremsmanöver auf Hüfthöhe ab, Manuel weicht ein bisschen zurück, aber eher im Affekt als aus Angst, denn sie kann die Rage gerade noch dämpfen, die Eltern haben nichts gemerkt und Tom hat sie gar nicht ins Gesicht gesehen, der Reis auf Vaters Anzug steht im Mittelpunkt, Gott sei Dank Burberry, also eine Tragödie, und bevor die chinesische Kellnerin schon mit Besen und Mistschaufel Habt-Acht steht, wird Franziska aufs Klo laufen und sich in den dreißig Sekunden, in denen sie ihren Urinstrahl mit Nachdruck in die Muschel prasseln lässt, erlauben, Ralph heftig zu vermissen, vorbei an der Vernunft und an der Überzeugung, dass es gut war, ihn zu verlassen, die zwei Jahre mit ihm, die Leidenschaft und das Betrogenwerden, das Wiederversöhnen, die ganze Gaukelei der echten Gefühle, neben denen kein normales Leben mehr möglich war, sie wird Wasser über die Handgelenke laufen lassen und dem stimmlichen Atem folgen, sich zurückatmen in ihr glückliches Leben.

Und später wird sie mit Ralph am Buffet Schulter an Schulter stehen und ihm ein paar gebackene Bananen auf den Teller reichen, es wird sich richtig anfühlen, dass er geheiratet hat und sein Glück mit dieser Opernsängerin versucht, und während sie lächelt und fragt, was man so fragt, konzentriert sie sich auf die Stelle, wo seine Augenbrauen zusammenwachsen, und sie denkt, Kinder kommen einfach, sie stehen einfach heraus aus dem verworrenen Knoten des Lebens, man muss nur anziehen, sogar Ralphs Kinder finden ihren Weg auf die Welt, durch die Vagina einer Opernsängerin, sie geht mit ihren Bananen zurück zum Tisch und teilt sie gedankenverloren in kleine Stückchen für Manuel, Vaters Sakko wurde mit Seifenlauge gerettet, Ralph hatte vorerst nur Erektionsstörungen, die sich zu Verlangensstörungen auswuchsen und schließlich als Bindungsstörungen diagnostiziert wurden, gegen die die Gespräche mit der Sexualtherapeutin, die Wahrnehmungsübungen mit sogenannten Vorspiel-Federn und verbundenen Augen sich lächerlich ausnahmen, du wirst dir den Mund verbrennen, mahnt sie, aber Manuel kann nicht warten, er sticht mit der Gabel nach den heißen, schleimigen Stückchen und verbrennt sich natürlich den Mund, Franziska erinnert sich an einen Abschied, nackt und weinend im Bett, sie wusste, wie das Leben ausgehen würde, wenn sie an dieser Stelle die Weichen auf Ralph stellen würde, das war eine Arbeit, sich Ralph Faser für Faser aus dem Herzen zu lösen, wie ein Pflaster von einer behaarten Körperstelle, aber all das ist nun wirklich weit genug weg, denkt sie, die Kinder, die wir bekommen, schieben sich wie Wale zwischen das Leben vor und nach ihrem Auftreten, so wie sie sich zwischen Mutter und Vater quetschen, das Bett einnehmen, Zeit, Kraft und Lust verschlingen und ihren Eltern im Schlaf auch noch ins Gesicht treten, an all das denkt sie mit einer Abgeklärtheit, die sie früher nicht für möglich gehalten hätte, du hast jetzt genug gegessen, sagt sie zu Manuel, der aufstehen will, *noch Nananen,* sagt er, obwohl er längst Banane sagen kann, sogar die Kinder sind schon nostalgisch in ihre kleine blöde Vergangenheit verliebt, dein Bauch ist schon voll, sagt sie, und in diesem Moment nimmt sie sich vor, sich bei der nächsten Gelegenheit von Tom befruchten zu lassen, hinter der Bestimmung des Lebens herzutrotten, Ausweg gibt es langfristig keinen, sie hat schon am Knoten angezogen, er ist enger geworden, irreversibel, vielleicht würde es eh nicht mehr klappen, vielleicht kann sich der Körper gegen eine Schwangerschaft sträuben und die Spermien abtöten oder sie mit Flimmerhärchen zurück zum Ausgang dirigieren, sie weiß nicht, ob sie aus einer Art Dankbarkeit entscheidet oder aus feinem Trotz, auf jeden Fall kann sie sich in diesen Minuten tatsächlich ein zweites Kind, jetzt, vorstellen, es sollte nur schnell gehen, auch wenn Manuel erst zu einem Gezeter und dann zu einem Geheul ansetzt, *Nananen!!,* im Auto gesellt sich noch ein Trampeln und Treten gegen den Beifahrersitz dazu, gegen ihren Rücken, sie beginnt zu atmen, so leise, dass nur sie es hören kann, es könnte eine Massage sein, sie muss sich einfach nur vorstellen, dass sie eine fremdartige, asiatische Klopfmassage bekommt, sie atmet gegen die Wut, um die Wut herum, vier ein, zwei halten, vier aus, zwei halten, das Meer schäumt und seine Oberfläche zittert, sie muss sich umdrehen und Manuel anbrüllen, sie muss mit dem Arm nach hinten schlagen, dabei schlägt sie sich die Hand an irgendetwas an, es ist nicht Manuel, Manuel schluchzt, sie fahren durch die Stadt nach Hause, Tom mit einem Knurren in den Mundwinkeln am Steuer, die Stadt in komatöser Sonntagsruhe, die Spaziergänge und das Mittagessen haben all die muttertägliche Energie aufgesogen, und im Fernsehen wird bestimmt wieder Formel Eins übertragen, entweder Schifahren oder Fußball oder Formel Eins, ohne das geht es an keinem Sonntagnachmittag, und am Abend ist sie dann fast vor den Kopf gestoßen, dass Tom sich ihr ausgerechnet heute sexuell nähert, erstens ist Sonntag eine Art Ruhetag, zweitens ist Muttertag, und Eisprung wäre erst Mitte nächster Woche, es kündigt sich bereits beim Abendessen-Zubereiten an, während ihre Hände mit Schinken, Käse und Toastbrot beschäftigt sind, greift Tom nach ihren Flanken, es ist kein nettes Greifen, sondern ein forderndes, eine Rechnung wird gestellt, für die liebevolle Kinderbetreuung, das Frühstückmachen, sie versteift sich von außen nach innen, sogar ihr Beckenboden spannt sich an, nichts ist umsonst, sagt dieser Griff, nicht einmal am Muttertag, und bevor sie beginnen kann, seine Hände, die mit einer Art Hüftmassage begonnen haben, abzubeuteln, rauscht das Meer schon wieder in ihrem Kehlkopf, dringt in ihre Ohren und wiegt sie im schwarzen Wasser hin und her, bis sie nur mehr ausatmet und zum ersten Mal die Wellenberge von unten sieht.

2

Elisabeth

5.7.2013

Bescheid
Nr: MFK – 877 – 346- JRP
Sachbearbeiter: MOV

an Hr. Mag. Jakob Steinlechner
Fabriksgasse 18b
Eitelbrunn

Sehr geehrter Herr Steinlechner,

wir freuen uns mitzuteilen, dass Ihnen seitens des Ministeriums für Feine Künste der Josef Rieger Preis für Bildende Kunst 2013 zugesprochen wird. Der Preis in der Höhe von 25.000 Euro wird Ihnen im Rahmen einer feierlichen Verleihung im November überreicht. Wir bitten um baldigste Kontaktaufnahme bezügl. Vorbereitungsarbeiten sowie Übermittlung Ihrer Kontonummer.

Hochachtungsvoll (unleserliche Unterschrift)

Unregelmäßig liegen die Körper. Manche mit mehr, andere mit weniger Platz um sich herum. Als hätte eine Flut die Frauen gnädig angespült, und sie wären die letzten Meter an Land gekrochen, hätten sich an den Sonnenpritschen hochgezogen, nackt, nass und nahtlos gebräunt. Bis Freitag muss das Hoch halten, dann kann von mir aus die Flut kommen. Eine Flut, lächerlich. So etwas ist bei uns nie passiert und wird auch nicht passieren. Und wenn eine Flut kommt, werde ich eben schwimmen, so wie immer im Sommer, jeden Tag einen Kilometer Brust, bei jedem Wetter und vom ersten bis zum letzten Tag, an dem das Bad geöffnet ist, also vom 1. Mai bis zum 1. Oktober. Das macht am Saisonende immerhin 153 Schwimmtage, 153 Schwimmkilometer, da kommt man schon weit, von Rovinj nach Venedig zum Beispiel, oder fünf Mal den Ärmelkanal hin und her.

Dass Liegen so unangenehm sein kann. Seit Montag nach dem Schwimmen eine Stunde Sonnen auf der Sonnenterrasse, mit geschlossenen Augen, eine halbe Stunde auf dem Rücken und eine halbe auf dem Bauch. Was man in einer Stunde alles zu hören bekommt. Immer reden sie durcheinander, viel über ihre Männer, vor allem über die Krankheiten der Männer und über die künstlichen Hüftgelenksköpfe der Männer und die Kinder, die ihre Männer ihnen gemacht haben, und was die jetzt wiederum beruflich oder familiär leisten. Jede breitet ein Stück mehr oder weniger belanglose Familiengeschichte vor sich aus und die anderen streuen Informationen dazwischen, und all das verwebt sich mit den Badegeräuschen und den Schreien der Kinder und Pfiffen des Bademeisters zu einem Geräuschteppich, der wiegt mich in den Halbschlaf, der kein Schlaf werden darf, weil einzelne Wörter sich in meinem Kopf aufrichten, die mich wach halten: Hämorrhoiden-Operation, vergrößerte Prostata, Glaukom, so aneinandergereiht klingen sie nach einer illustren Märchengesellschaft: der böse Wolf und die vergrößerte Prostata, Schneewittchen und die sieben Bandscheibenvorfälle, der grüne und der graue Star Hand in Hand im dunklen Wald auf der Suche nach dem silbernen Tinnitus.

Wie uns diese medizinischen Termini begleiten, treu und ergeben, eine Schar, die größer wird. Manche werden uns erhalten bleiben, manche werden weiterziehen und an ihrer Statt werden andere Worte hinzustoßen, Pflegestufe, Rollator, Osteoporose. Bei Cornelia war das so, und die Worte werden auch nach ihrem Tod nicht weiterziehen, sie werden in den Ecken der Erdgeschoßwohnung nisten, bereit, ihre Plätze einzunehmen, wenn die nächste Generation der Greise ins Erdgeschoß ziehen muss, also Kurt und ich, sagen wir in zwanzig Jahren, wenn alles so weitergeht ohne Krebs oder Herzinfarkt und wir ungestört vergreisen dürfen. Andererseits, zwanzig Jahre, das ist heutzutage eine halbe Generation, früher wäre das eine ganze gewesen. Früher sind die Frauen mit vierzig zahnlos gewesen, jetzt sind sie mit vierzig erstgebärend.

Man darf nicht so denken, das Gerede über den Verfall ist ansteckend, dabei könnte ich mit meinen 59 theoretisch noch die junge Mutter eines kleinen Frankensteinbabys aus der Kinderwunschklinik sein, ich sehe auch jünger aus, als ich bin, die Haut und das Bindegewebe könnten zwar straffer sein, aber die Muskeln darunter sind fest vom Schwimmen und Walken. Ich spüre meine Beine schwer auf dem Handtuch liegen. Im Herbst werden die Oberschenkel zäh sein wie so ein iberischer Schinken, der in den spanischen Markthallen von der Decke baumelt. Wenn die Haut besser wäre, könnte ich die giftgrünen Shorts tragen, die ich mir vor zwanzig Jahren gekauft habe: sie passen immer noch. Die mit der blauschwarzen Mähne neben mir ist vorhin mit ihren welken Beinen in einem Minikleidchen und goldenen Schühchen über die Terrasse gestöckelt. Glauben die, das Alter ist eine vorübergehende Erscheinung, wie ein Gips? Ein kleiner Kratzer?
Noch zwanzig Minuten, dann hab ich meine Sonnendosis für heute, damit das Dekolleté, Arme und Beine halbwegs

gleichmäßig gebräunt sind. Muss man nicht etwas Produktives verrichten, außer die Sonneneinstrahlung an den Pigmenten saugen zu lassen? Kann man die Warnungen der Dermatologen einfach so in den Wind schlagen, und die Verachtung der Berufstätigen? Diese Unruhe, die von allen Seiten an meinen Gliedern zieht, so wie die Gedanken an den Zipfeln meines Schlafes.

Bis Freitag muss ich die Einladungen rausschicken, 45 Gäste sind zur Pensionsfeier von Kurt geladen, die Gäste müssen sich ja ihren Sommer einteilen. Sie werden durch unseren Garten schlendern und an den Gläsern nippen und den Besitz inspizieren, den die Arbeitsleistung des Frischpensionierten erwirtschaftet hat. Unseren Wohlstand. So ein Fest wertet die lebenslange Leistung des Frischpensionierten auf, auch wenn sich die Berufstätigen jetzt die Frage stellen, ob dieses Leben nach der Berufstätigkeit noch lebenswert ist oder eher eine fade Angelegenheit. Ob noch alles in Ordnung mit dieser Elisabeth ist, ob sie als Partnerin zur Freizeitgestaltung im Lebensabend von Nutzen sein kann. Lebensabend, das klingt wie ein Schlamm, der Gasblasen wirft, eine Golfblase und eine Wellnessblase und, schlimmer noch, eine Elektrofahrradblase. Aber wenn man mich von vorne und von hinten gesehen hat, wird man nicken und uns einen schönen Lebensabend zutrauen. Funktionsfähigkeit werde ich ausdünsten und Fokussiertheit auf das angeschlagene Ego des Frischpensionierten. Ein bisschen fürchte ich mich vor dem pensionierten Kurt, wenn das Frische weg ist, er ist so einfach gestrickt, er wird die Konfrontation mit der Nutzlosigkeit vor sich herschieben, bis es eine Kollision wird, und im allerletzten Moment melancholisch werden, er wird weder weinen noch toben, er wird ersatzhandeln. Wir Frauen haben es da leichter, wir werden nicht so abrupt vom gesellschaftlichen Nutzen abgeschnitten, sondern in kleinen Dosen verstoßen, erst spucken die Kinder die Brust aus, dann ziehen sie sich selber an, dann verbergen sie ihre Genitalien und schließlich ziehen sie aus – und uns bleibt der Garten. Und natürlich die Enkel bzw. das Hoffen darauf.

Das Kleid wird mich in meiner neuen Rolle unterstützen, 1.349 Euro hat es gekostet, aber die Designer von Vittorio Missoni haben ein Zauberkleid entworfen, es zurrt die obere Hälfte meines Körpers fast schon chirurgisch in Form, und unter dem dezent schillernden Fischgrätmuster kann man mindestens zehn Jahre wettmachen, zum Beispiel den komischen Fleischwulst, der wie eine Nacktschnecke zwischen Achselhöhle und Brustansatz herausgewachsen ist, der lässt sich mühelos unter den breiten Trägern verstauen, und bei den Knien und am Rücken schafft es die Gratwanderung zwischen Zeigen und Verstecken. Und diese Farben, die in dem aparten Zickzackmuster ineinanderfließen, früher hießen sie Petrol und Peach, heute sagt man wahrscheinlich Mermaid und Sandstein. Als ich es anprobiert habe: sofort diese Zuversicht, gegen die mein prüfender Blick nichts anhaben konnte, nicht einmal mit dem kleinen Spiegel in der Rückenansicht.

Noch ist der Lärm aus dem Freibad zu unseren Füßen ein Murmeln, gegen Mittag, wenn ich schon längst weg bin, wird er sich bestimmt ausdehnen und über die Mauern der Sonnenterrasse schwappen und man wird die kleinen Geräusche nicht mehr hören, nicht das Ächzen der Bänke, das Blättern der Zeitschriften, das Quieken der Sonnencreme aus der Flasche. Ich würde so gerne schlafen, trotzdem blinzle ich, und wenn ich an mir hinabsehe, denke ich, ich sehe bestimmt nicht entspannt aus, sondern so, als bräuchte ich meine letzten Kräfte, um mich immer wieder zu wenden, damit die Sonne mich liebkosen kann, von allen Seiten und bis in die letzte Ritze, und ich fühle mich mariniert in diesem eigenen Schwitzgeruch, den man nicht festmachen kann, ein wenig zwischen gebratenen Pilzen und heißem Holz.

Ob wir alle nicht zu schnell geheiratet haben, weiß ich nicht, hätte es besser kommen können? Man hat eben, es waren kürzere Probezeiten, und die Entscheidungen waren unabhängig von den Befindlichkeiten, es lief eher so: Er säuft nicht, er ist Akademiker, keine Behinderungen in der Familie, auf zur nächsten Stufe. Im Gegensatz zu Edith und Gustav ist bei uns nicht einmal ein Kind unterwegs gewesen, und weder ich noch meine Eltern sind schon nervös gewesen, niemand traute mir zu, übrigzubleiben, eher war es das Gefühl, es könne nicht besser werden, so wie hartes Brot eben nicht noch härter werden kann. Und es war ja amüsant, immer die Treffen zu viert, mit Gustav, der viel zu groß und unbelesen war für Edith, zu hemdsärmelig und sprühend vor Banalitäten und rauen Späßen, und dann kamen die Zwillinge, und die arme Edith ist untergegangen neben Gustav und seinen Söhnen, die sich flugs zu reinerbigen Gustavs entwickelt haben. Erst ist sie in Hausarbeit untergegangen, dann intellektuell vertrocknet, und schließlich hat das Aneurysma kurzen Prozess gemacht und ihr einen Hirnschlag verpasst.

Warum sehen die Frauen hier nicht zufrieden und satt aus, sondern wie Opfer einer großen Müdigkeit, oder so, als wäre es nicht ihr eigener Wille gewesen, hier nackt sonnenzubaden, als hätte ihnen ein kleiner Kommandant das angeschafft? Die links neben mir liegt auf dem Rücken, Schweiß in der pechschwarzen Haarmähne, die Augen geschlossen, und die glänzende Kuhle ihres Bauches hebt und senkt sich im tiefen Atemrhythmus des Vormittagsschlafes, der Nabel ein wachsames Auge; gleich daneben eine Blonde, ebenfalls auf dem Rücken, dass die das können, so schutzlos stundenlang in der prallen Sonne schlafen, sich so beherrschen beim Essen, diese stupide Disziplin.
Wenn ich ein Doppelkinn mache und die Augen öffne, breitet

sich vor mir eine Frauenlandschaft aus in glänzenden Hügeln und Tälern, und dazwischen Haarwuchs, schütter verteilt wie Gräser auf Nordseedünen, wo der Wind immer aus derselben Richtung kommt. Nur hinten im Eck ratschen drei Frauen im Sitzen, eine slawische Enklave, in der alles noch in Ordnung ist, genug Bauchspeck für drei Generationen glücklichen Lebens, und geraucht werden darf auch noch. Alle anderen schweigsam, dösend oder blätternd, in Rücken- oder Bauchlage, manchmal bewegt sich eine behäbig.

Rechts neben mir reibt sich eine mit einem selbstbräunenden Sonnenöl ein, ganz groß steht auf der Flasche, dass es Hautalterung vorbeugt, schützt, bräunt und glitzert. Das ist jetzt ganz normal, sogar in den Hautcremen für die ganz Jungen ist schon das Straffende drinnen. Ich warte darauf, dass sie eigene Produkte auf den Markt bringen, die nicht nur der Hautalterung, sondern der Knochenalterung, Organalterung und Darmalterung entgegenwirken, irgendwann werden wir in einer Art Lake liegen und gegen das Ablaufdatum anbaden wie Sauergemüse oder Mozzarellakugeln. Die neben mir reibt ohne Liebe, pflichtbewusst, als wäre das nicht ihre Haut, sondern die Haut eines Brathuhns, in die sie die Gewürze einmassiert, damit es saftig bleibt und gut schmeckt, nach mehr schmeckt als nach sich selbst. Es reicht ja nicht mehr, die Hühner außen mit Salz abzureiben und innen im Schlund mit Majoran zu würzen, man reibt die Gewürze neuerdings unter die Haut, und man legt die Hühner nicht mehr in den Bräter, sondern setzt sie auf eine Bierdose. Eine kulinarische Unart nach der anderen schwappt in unsere Küchen, Thermomix, Kombi-Dampfgarer, und die Kinder sind ganz wild darauf, verstehen nichts vom Kochen und erklären uns, was *wirklich gut* schmeckt und was *echt gesund* ist. Franziska mit ihren bitteren, exotischen Salaten, und sogar Elias, der sein Leben lang nur zum Fressen in die Küche gekommen ist und den Käse vom Laib heruntergebrochen oder -gebissen hat, weil er zu faul war, ein Messer zu nehmen oder sich gar ein Brot zu machen, kam vor ein paar Wochen mit leuchtendroten Flecken auf den Wangen, seht mal, *so* grillt man ein Hendl, und eine Stunde lang mussten wir uns das ansehen, das Huhn auf der Bierdose, es sah aus, als müsse es eine bestialische Strafe abbüßen.

Um mich herum wird geruht oder geschmiert. Mit Cremen, die man pumpen oder quetschen kann, die so viel kosten, wie eine 24-Stundenpflege als Halbtagslohn verdient. Ob das ethisch in Ordnung ist? Wir fragen uns das nicht, der Wohlstand hat uns hier angespült, an die Ränder des Alpenostrandes, wir sind die Nachfahren der privilegierten, im warmen Urmeer des Miozäns planschenden Fossilien. In der Volksschule haben wir das schon gelernt, in den Weingärten haben wir nach Fossilien gesucht und uns die Geschichten der Lehrerinnen angehört, Seekühe sind faul im warmen Wasser getrieben, Urkrebse haben hinter unserem Haus am Berghang nach Nahrung gesucht, Tiere mit zahllosenTentakeln und Beinchen sind durch das seichte Korallenmeer gestrampelt, haben sich gepaart oder andere, kleinere Urzeittiere verschlungen oder waren vor großen, weitaufgerissenen Mäulern auf der Flucht. Zehn Minuten noch. Haben die nichts zu tun? Haben die keine Enkelkinder zu betreuen, niemanden zu pflegen, keine Mutter und keine Schwiegermutter? Man pflegt die ja eh nicht selber. Man sieht nach den Alten, man bespaßt sie und überprüft besorgt ihren Verfall, man ist Tochter oder Schwiegertochter, und man hat jemanden für die unaussprechlichen Tätigkeiten, die im Zuge des Stoffwechsels anfallen, für die Fütterungen und die Ausscheidungen. Man überwacht die Wartung der Sterbenden. Auch wenn man eine 24-Stundenpflege hat, ist man angehängt, kein Geld der Welt kann die Liebe in der Pflege kaufen, da ist so viel abgenutzter Ekel in

den Augen des Pflegepersonals, und da kleben schon so viele Tote an den Händen dieser jungen glattgesichtigen Engel aus dem Osten, und außerdem muss man aufpassen, dass die Slowakinnen und Bosnierinnen und Polinnen nicht in ihre kulinarische Heimat zurückverfallen und zu viel Knoblauch und Fett ins Essen geben und die Fisolen ordentlich weich kochen. Todesengel, so nennt Elias unsere 24-Stundenpflege, weil er sich den Namen nicht merken kann oder will, und Kurt hat versucht, es ihm zu verbieten, aber was will der einem Dreißigjährigen verbieten.
Die Gedanken werden immer mehr, sie entspringen dem Nichtreden, das Einsamsein ist ein Stoffwechselendprodukt, ein giftiger gelber Kristallsand, den man nicht ausscheiden kann, sondern nur anreichern und im Kreis schicken. Früher habe ich alles Wichtige mit Edith besprochen, die großen Katastrophen in ihre Einzelteile zerlegt, das Gute am Ehe- und Mutterleben auf den guten Haufen und das Schlechte auf den schlechten Haufen, und am Ende des Abends waren zwei Flaschen Rotwein leer und die Haufen ungefähr gleich hoch, und das reichte schon, und dann konnte ich nach Hause wackeln und es war nur mehr halb so schlimm, dass Kurt seine kleinen Geliebten hatte und die Kinder sich mir gegenüber so missraten benahmen, und bis zum Einschlafen und vielleicht auch ein wenig darüber hinaus hielt das Gefühl an, die Respektlosigkeit hätte nichts mit mir persönlich zu tun, sondern mit meiner Funktion in der Gesellschaft, der immer ein Nur anhaftete, Nur Mutter, Nur Hausfrau, eine Wertminderung, der das Gezeter der Feministinnen und der Lauf der Zeit doch nicht gewachsen war.

Das Edith-Vermissen ist ein bisschen besser geworden, seltener, aber es ist immer noch mächtig, es kommt aus dem Hinterhalt, aus den schönsten Waldläufen und dem Geruch, wenn ich die Kerzen ausblase oder einen Zander aus dem Ofen ziehe, dann beugt und würgt es mich und ich will nicht mehr leben ohne Edith, aber es hilft gar nichts, außer vielleicht schwimmen, und dabei reiße ich den Mund ganz weit auf und lasse das kalte Wasser in den alten Schrei hineinlaufen. Edith hat dem Schweigen ein Geräusch gegeben, ein leises Singen, das mich durch die dunklen Tage getröstet hat, mit gutem Wein und bitterem Lachen, auf Friedhöfen und bei Hochzeiten und wenn die Kinder gekommen sind, das Zusammensein mit Edith blieb eine Art Wäschespinne, auf der man alle Probleme ausbreiten konnte und alles wurde trocken und gut oder flog weg. Darauf haben wir uns verlassen, wir Idiotinnen, dass es nur zu zweit funktionieren konnte. Seit Ediths Tod häuft sich alles nasskalt zu meinen Füßen und mir bleibt nur mehr das Schwimmen und die komische Sehnsucht nach Gustav, die durch Ediths Lebenszeit bestand und ihren Tod überdauert hat.

Ich schiebe meinen Wagen durch die gekühlten Hallen des Supermarktes, es ist eine vornehme Temperatur, nicht zu heiß und nicht zu kalt, es muss einen perfekten Bereich geben, den die schlauen Berater herausgefunden haben, so wie es einen optimalen Geruch geben muss, der hungrig macht und nicht übersättigt. Bestimmt sind auch das Licht nicht zufällig und die leise Musik. Damit die Kauflust von konsumfeindlichen Befindlichkeiten nicht beeinträchtigt wird. Das Gemüse in Körbe geschlichtet und in Inseln angeordnet, rote Rüben mit grünem Blattwerk neben den ersten heimischen Tomaten, wie früher, denke ich, und ich will mich rückversichern und alles angreifen, nehme eine gelbe Bio-Zucchini in die Hand, sie fühlt sich gut an, warzig und echt, wenn ich nun eine Quiche daraus mache und mit dem Speck nicht zimperlich umgehe, werde ich Kurt ein bisschen glücklich machen, und wenn ich

sie nicht zu knusprig mache, kann auch Cornelia davon essen, und ganz nebenbei mache ich auch den Biobauern glücklich und die Käferchen.
Ich lege die Zucchini zurück und nehme die aus konventionellem Anbau. Sie sind doppelt so groß und halb so teuer. Zu viel Glück klebt an diesem Biogemüse. Wie sie uns an einer Leine spazieren führen zu der Pflicht, als Konsumenten Verantwortung für die Landschaftspflege, das Bauernsterben, das Bienensterben zu übernehmen. Die Zucchini in meinem Einkaufswagen ist wie ein Schuldbekenntnis, das ich gut sichtbar vor mir her schiebe. Ist man dann Unterschicht, weil man die Biobauern im Stich lässt, obwohl man es sich doch leisten könnte? Immer diese armen Bauern, die schon von Kind an zu kleine Schuhe angezogen bekommen, damit sie das Jammern lernen, sagt Kurt immer. Und dass er auch gerne etwas produzieren möchte, was jeder schon hat und niemand will, und Förderungen dafür pünktlich aufs Konto. Und zehn Traktoren im Stall und trotzdem bekommen die Kinder alle ein Stipendium für ihr Studium. Dass Kurt ausgerechnet den Bauern ihr Geld neidet. Ich neide ihnen was anderes. Wie sie sich am Abend ihre schmutzigen Hände abbürsten können, und immer bleibt so viel Rechtschaffenheit übrig, sie müssen nur auf die Schwielen an den Händen und auf die abgeernteten Felder sehen, und schon offenbart sich ihnen der Sinn des Lebens und der Glaube an irgendeine Art von Gott.
Ich schiebe meinen Wagen weiter, am Brot vorbei, wie gut es aussieht und wie gesund. Wenn ich nicht diese ganzen kritischen Konsumentenmagazine abonniert hätte! Wüsste ich doch nichts über E-Nummern und Vollkorn-Imitate! Ich lasse meine Hand über die Brote fliegen, angeblich kann man das spüren, ob es gut für einen ist oder nicht, und ich frage mich, soll ich spüren, ob es Allergien auslöst oder ob es meine Verdauung reguliert, oder soll ich spüren, dass ich auf

Kohlenhydrate eher verzichten sollte, weil Brot mich entweder dick macht oder ungegessen verschimmelt? Ich lasse die Hand sinken und der Blick der Brotfrau trifft mich, die schon Anstalten gemacht hat, mich in meiner Entscheidungsfindung zu unterstützen, welches der neun verschiedenen Vollkornbrote ich nehmen soll. Sie lächelt, ich gebe das Lächeln zurück, trage es zur Wursttheke. Manchmal sehne ich mich nach den Sechzigerjahren, man konnte sich damals noch in die gute alte Weltordnung hineinkuscheln, wo Ware gegen Geld getauscht wurde, wo man beim Einkaufen nicht die Weltordnung mitentscheiden musste, man kaufte den Hunger in Afrika und die Pestizide im Paprika und hatte weder eine Ahnung noch eine Alternative. Damals in den Sechzigern, mit Mutter am Markt, das Wort alleine lässt die Kulisse mit Marktfrauen und ihren roten Bäckchen und steif gefrorenen Fingern vor mir aufklappen, mit ihren Holzständen voller Feldfrüchte, und wie meine Mutter mich ein Säckchen Dörrzwetschken oder einen Kranz Feigen aussuchen ließ. Heute bedeutet Markt dieses globalisierte, wankende Gebilde aus den Zeitungen, und ich versuche mich auf die Ethik der Wurstproduktion zu konzentrieren, aber meine Aufmerksamkeit bleibt an diesen Papiertütchen hängen, die sie den Angestellten in der Feinkostabteilung aufsetzen. Das macht Angelika S., die mir den Beinschinken hauchzart aufschneiden soll, auch nicht zur besseren Verkäuferin, weil sie die Schneidemaschine zu fein eingestellt hat, sie häckselt meinen Schinken, aber es ist mir egal. Müsste ich den ganzen Tag Wurst schneiden und sie in Semmeln legen oder auf Papier stapeln, und das schon mit Mitte zwanzig, ich würde es auch am Schinken auslassen und auch so erstaunlich hängende Mundwinkel haben. Wenn sie noch ein paar Jahre so weitermacht, wird sie schon mit dreißig zwei anständige Bitterkeitsfalten zusammengeschmollt haben. Ob ich auf so eine Tochter stolz sein könnte, oder ob da nicht eine stille

Enttäuschung angebracht wäre, oder ob die gar nicht so still wäre? Ob ich in einer anderen Gesellschaftsschicht ein anderes Gesicht bekommen hätte, eine Zornesfalte oder die sogenannten Schwerkraftfalten oder die Nasolabialfalte, die ganze Landschaft der Enttäuschungen?

Auf dem Heimweg bleibe ich noch kurz bei Jakob stehen, nur so lange, wie die Milch und der Beinschinken im Kofferraum es erlauben. Im Wagen kämme ich mein verschwitztes Haar erst auf die Seite, dann streng zurück. Es soll nicht so aussehen, als hätte ich mich hübsch gemacht. Im Rückspiegel ist nichts von der Arbeit, die die Sonne an mir geleistet hat, zu sehen. Nur die Augen sind entzündet und brennen von der Sonnencreme. Am Morgen schon habe ich ein Stück Apfelkuchen für Jakob eingepackt und nehme ihn aus dem Kofferraum, die Alufolie ist im Wagen brennheiß geworden. Ich könnte Jakob erzählen, dass der Kuchen frisch aus dem Ofen sei. Er wird nicht fragen, ob ich nach dem Bad etwa heimgefahren bin. Er fragt nie etwas. Er wird den Kuchen nehmen und lächeln. Ich gehe auf die Fabrik zu und öffne die graue Eisentür, gehe die Treppen hinauf. Das Geländer warzig vom dilettantischen Bemalen und Besprühen. Ein paar beherzte Kulturinitiativen haben ein bisschen Geld in die Gemäuer gespült, ein bisschen Kunst und ein bisschen Revolution, aber nie genug, um wirklich Aufsehen zu erregen. Im Sommer riecht es nach dem Kanal, der vorbeiführt, der Mief übertönt an heißen Tagen den Urin aus den vernachlässigten WC-Anlagen und den allgegenwärtigen Lackgeruch.
Früher hatte er meistens abgesperrt. Das war das Zeichen: wenn die Tür zu war, hatte Jakob irgendwas in Arbeit. Ein Bild, ein Material, eine Skulptur, eine Studentin. Jetzt ist die Tür immer offen. Jakobs Atelier ist im letzten Geschoß.
Von weitem schon sehe ich ihn. Er arrangiert eines seiner Still-

leben, als ich das Atelier betrete, sicherheitshalber klopfend. Er steht mit dem Rücken zu mir, schon wieder Schneckenhäuser und Knochen und dieser unsägliche Totenschädel, denke ich, und trotz der Hitze trägt er eine seiner Hauben. Mit Stillleben wird er kein Geld verdienen, damit beginnt man seine Malerkarriere, zum Aufhören muss man sich doch etwas anderes suchen. Ist das nicht unwürdig für einen renommierten Künstler? Etwas in mir beginnt sich nach Jakob zu sehnen und gleichzeitig vor ihm zurückzuweichen, es ist immer diese ambivalente Zuneigung, nur in unterschiedlichen Nuancen, früher war das Sehnen etwas Wölfisches; heute beschleicht mich eine lauwarme Verzweiflung. Als wäre eine Liebe in den Herbst gekommen. Er trägt ein T-Shirt, das er früher an anderen Stellen ausgefüllt hat, aber immer noch hat er diese rechtschaffene Muskulatur, wie sie nur Arbeiter und Künstler haben, die ihre Körper benutzen, anstatt sie zu trainieren.

Jakobs Rücken hat Schlagseite bekommen, er steht da, dreht sich um und geht auf mich zu, als müsse er sich um einen Schmerz herumbewegen. Ein Bandscheibenvorfall, oder doch nur eine Arthrose? Er lächelt, die Schnecke noch in der Hand, umarmt mich, lehnt sich an mich, seine Bartstoppeln und der kantige Kiefer an meiner Stirn.

Wie geht es dir?, frage ich in seinen Hals, der nach Farbe und Rauch riecht und ein bisschen nach Schweiß vom Vortag. Nach Wollpullover, auf dem eine Katze geschlafen hat. Nach Frischkäse. Ich halte still. Er nickt, löst sich von mir und sieht mich an. Müde sieht er aus, aber nicht mehr so gelb wie die Woche zuvor. Irgendwie zufrieden. Er lächelt verhalten. Den Schneidezahn hat er sich noch immer nicht richten lassen. Ich frage ihn nicht, wofür er die 3000 € ausgegeben hat, die ich ihm für das Implantat geborgt habe. Stattdessen lege ich den Kuchen auf die Küchenzeile. Er zeigt auf den staubigen Couchtisch; dort liegt ein Kuvert von der Kulturabteilung des

Ministeriums. Ich nehme es in die Hand und sehe ihn fragend an. Er grinst und nickt. Wieviel?, frage ich. 25.000, sagt er, und ich muss ständig die Zahnlücke ansehen. Ich freue mich und umarme ihn spontan, fester und unbeherrschter als bei der Begrüßung. Während ich mich freue und wie nebenbei an ihm rieche, rechne ich nach, wie lange das Preisgeld ausreichen wird. Wie viele Zahlungen wohl anstehen. Wie lange die Freude anhalten wird. Wie lange wir so stehen können und gleichzeitig glücklich sein, ohne dass es ihm zu viel wird oder mir genug. Heute trinken wir Schnaps und keinen Kaffee, sagt er.

Zu Hause kontrolliere ich zuerst den Zustand Cornelias, die planmäßig schläft, dann die Feuchte der Erde in den Buchsbaum-Steintrögen entlang der Auffahrt und zuletzt den Farbverlauf der Bräune meines Rückens. Jakobs Schnaps macht mir Mut. Durch die Kastenfenster fällt Abendlicht, das mir schmeichelt. Es ist warm im Schlafzimmer. Ich überprüfe die Sichtschutzvorhänge, ob sie gut geschlossen sind. Hinter dem Buchsbaum sehe ich den Witwer im Marillenbaum auf einem Ast sitzen und eine Marille essen, den Kübel zwischen den Beinen. Wie ein zu groß und zu menschlich geratener Brüllaffe. Er scheint mit seinen Marillen beschäftigt. Ich ziehe mich aus, nehme das schimmernde Seidenkleid aus dem Kasten und probiere es an. Ich drehe mich und betrachte mich mit einem kleinen Handspiegel von hinten. Das Alter kommt ja von allen Seiten, aber nicht gleichzeitig, es überfällt den Körper in ausgeklügelten Arbeitsschritten an verschiedenen Zonen, erst die Kleinarbeit an der Haut in den Augenwinkeln und an den Unterarmen, dann ein bisschen Manipulation bei den Knien und in den Gelenken und die Sache mit dem Östrogen und den Leberwerten. Man kann es sich erleichtern, indem man sich nicht von der Seite betrachtet, oder nur morgens, solange der Bauch noch flach ist, und das Gesicht aus der Nähe nur bei bestimmten Lichtverhältnissen oder unter Alkoholeinfluss. Den kleinen Handspiegel nehme ich nur heraus, wenn ich gut gelaunt bin. Sich die eigene Rückseite anzusehen hat mich immer schon befremdet. Schon als junge Frau. Man sieht immer übergewichtig und verbeult aus. Das muss man sich nicht antun.

Das seidige Futteral legt sich kühl auf die Haut, ich bin zufrieden mit meiner Vorder- und Rückenansicht. Das ist das Verdienst des Kleides. Verständlich, dass Frauen Unmengen für Kleider ausgeben, wenn sie auf ihren Körpern funktionieren. 1.349 Euro. Wie ich die Zahl in Gedanken wiederhole und gleich die Rechtfertigung dazu. Ich lenke meine Konzentration auf den Wert. Als hätte der einfühlsame Schneider schon um die Krisenherde der Endfünfzigerinnen herum gedacht, als hätte er gewusst, dass die Träger den Busen gleichzeitig fassen und heben müssen, dass der Rückenteil hoch geschlossen sein und gnädig über die Speckfalten hinwegsehen muss. Und dass der Rocksaum knapp unter den schlaffen Knien enden muss. Wie der Schneider zärtlich die Schere geführt haben muss, Kurven gemacht haben, ganz versunken in das Wissen um das lahme Tempo des Stoffwechsels in Zeiten von Postmenopause und Nahrungsüberfluss. Immer großzügiger und wendiger schneidet die Schere, um die Unmöglichkeit, glücklich zu sein, herum, mitten durch das schwere Seufzen hindurch. Solange es solche Designer gibt, scheint alles möglich. Warum fällt mir jetzt Gustav ein? Ich drehe mich wieder zurück und trete nah an den Spiegel heran. Dass der Busen gehoben wird, hat seinen Preis. Aus dem Tal zwischen den Brüsten ist eine steile Klamm geworden, in ihrer Tiefe ein ganzes Schlangennest aus Falten. Ich gehe näher an den Spiegel. Dabei fällt mein Blick auf die Kommode und den Korb, in dem sich Cornelias Kette mit dem Ammoniten zusammenkringelt. Ich nehme sie heraus und lege sie um meinen Hals. Der Ammonit legt sich kühl

und bestimmt auf den Ort der Beanstandung. Ich trete ein paar Schritte zurück und fahre die Schneckengänge mit dem Finger nach.
Dann ziehe ich das Kleid aus und hänge es in den Kasten, ich bleibe nackt hinter dem Vorhang stehen. Vielleicht kann man das noch lernen, das Schamlose und die Lust am Unkonventionellen, auch noch in meinem Alter, so wie Klavierspielen oder Italienisch. Ich denke an die markigen Sätze in den Pensionistenbroschüren, die neuerdings ins Haus kommen, von der Krankenkasse oder der Pensionsversicherungsanstalt. Nehmen Sie sich Zeit für ein neues Hobby! Endlich wieder Freizeit! So viele verdächtige Rufzeichen, als wäre man beim Lesen schon schwerhörig.
In einem Anflug von Leichtsinn streichle ich meine linke Brust. Vielleicht hätte Kurt Spaß an einer nackt herumstolzierenden Elisabeth, die jederzeit mit dem slowakischen Todesengel zusammenstoßen kann. Wie in der Mühl-Kommune oder in einem Künstleratelier der Jahrhundertwende. Obwohl dort Frauen meines Alters bestimmt nicht nackt herumgelaufen sind. Ich schiebe das Alter für einen Moment zur Seite. Oh ja, das würde ihm gefallen. Die Idee hat etwas Idyllisches, alle laufen nackt durch den Garten, verstecken sich voreinander in den Buchsbaumhecken und hinter den Steintrögen, und wenn es uns in den Sinn kommt, gibt's Liebkosungen und Ekstase im schattenfleckigen Rasen unter dem Baum.
Je länger ich den Witwer beobachte, desto sicherer bin ich mir, dass er noch sexuell aktiv ist, man sieht es an der Art, wie er sich bewegt, wie sich die Muskeln unter der Haut spannen, das ist eine Lebendigkeit ohne Aufschub, etwas Drängendes, vielleicht hat er ja längst eine Geliebte? Meine Finger beginnen, nach Knoten in der Brust zu tasten, ein Automatismus. Der Witwer hat sich noch weiter auf den dünnen Ast hinausgewagt. Seinen Kübel hat er zwischen zwei Astgabeln verkeilt,

und er fischt mit dem Pflücker nach den sich biegenden Ästen. Schon die zweite Woche kämpft er gegen die Marillenlawine, die über ihn hinwegrollt. Seit seine Frau an Krebs gestorben ist, produziert der Baum Marillen, als gäbe es kein Morgen, das dritte Jahr in Folge. Kein Baum kann das überleben und kein Witwer. Vielleicht ist der Geist der Frau in den Baum gefahren, will den Baum mit in den Tod nehmen und den Witwer gleich dazu. Seine wortkarge Art, immer dieses Rückenzudrehen, wenn sich unsere Haustüren öffnen, und keine einzige Marille in all den Jahren. Trotzdem tut er mir leid. Kein Mensch und schon gar kein Witwer kann so viel Obst essen oder zu Marmelade verkochen oder zu Knödeln formen. Warum lässt er es nicht verfaulen? Der nackte Oberkörper, der in der immerselben grauen kurzen Hose endet. Samtige Kugelschatten zwischen Blättern und dazwischen der braungebrannte Oberkörper, wie aus einem nachkolorierten Heimatfilm, der in der Wachau der 50er Jahre spielt. Ich berühre die Sichtschutzvorhänge, ziehe sie ein paar Zentimeter zur Seite und warte kurz, bevor ich sie wieder zuziehe und mich rasch wieder ankleide.

Kurt kommt spät und streift meine Wange zur Begrüßung. Er spricht ein paar Sätze über seinen Tag, die Informationen darin verwischen mit anderen Sätzen aus anderen Tagen, eine Melodie, die man dauernd hört, ein Werbejingle, ich bringe die Kunden und die Funktionäre und die Journalisten durcheinander, sie haben alle ähnliche Namen und Funktionen, unter denen ich mir nichts vorstellen kann. Bald ist auch das vorbei. Er kippt die Quiche auf den Teller, sie stürzt zur Seite, ich unterdrücke den Impuls zu protestieren oder die Quiche wieder aufzurichten, er stellt den Teller in die Mikrowelle. Ich sitze am Tisch und überlege, ob ich ihm erzählen soll, dass Jakob diesen Preis gewonnen hat. Oder ob ich mir ein Glas Wein gönnen

soll und ob ich es schaffe, bei einem Glas zu bleiben. Kurt spricht gegen den Lärm der Mikrowelle an, er beschwert sich über einen Mitarbeiter, ich schätze es, dass er sich mir immer noch mitteilen will, doch ich freue mich auf die Zeit, wenn er mir etwas anderes erzählen wird, etwas Bodenständiges, bei dem ich wieder mitreden kann, ein Gartenproblem, eine Gasthaus-Posse seiner Freunde oder schmierigen Tratsch; es muss nur plastischer sein und mehr hergeben als die Organisationsstrukturen im landwirtschaftlichen Förderwesen. Kurt legt sein Mobiltelefon neben den Teller und beginnt zu essen, ich stehe wieder auf, hole die Kräutersauce aus dem Kühlschrank, entferne die Folie und stelle sie neben seinen Teller, er nickt mir kauend zu, löffelt mit der Linken Sauce über die Quiche, nicht ohne vorher noch einmal kontrolliert zu habe, ob nicht doch jemand angerufen hat, doch dann ist er gleich wieder bei mir und der Quiche. Jederzeit erreichbar; auch wenn es de facto nicht die Regel war, die Anrufe kamen auch abends, während der Urlaube, wenn wir im Bett lagen oder beim Schifahren auf dem Lift saßen, immer warteten wir auf den Büro-Klingelton, wie Hunde, die ohne Leine laufen dürfen, aber sich immer nach dem Frauchen umdrehen.
Wenn einmal zu lange Stille war, wurde Kurt misstrauisch.

3

Franziska

Werte Eltern,

Das Abschlussfest unseres Kindergartens findet heuer am
19. Juli 2013 um 14:00 statt.
Wir wollen gemeinsam spielen und feiern!
Über Kuchenspenden freuen wir uns sehr –
bitte bis 17.7. bei Sabine in der Gruppe 2 Bescheid sagen!

Die Leitung

Manuel will schon im Kindergarten bleiben, aber Mama soll: am großen Holzrad drehen! Eine Kugel in die Kugelbahn werfen! Einmal spülen, am drolligen Kinderklo! Sie streicht Manuel über das Haar, ich muss jetzt wirklich gehen, sagt sie, die Welt der Kinder hat eigene entzückend kleine Klomuscheln, liebevolle und weniger liebevolle Kindergärtnerinnen und unendlich viel Zeit für alles, ein einziges Jetzt, es ist schwierig, Manuel zu erklären, dass Mama arbeitet, arbeiten gehen muss. Warum? Weil Mama die Doktorarbeit schreiben müsste, das ist Mamas Arbeit, sie sitzt auf dem kleinen Bänkchen, andere Mütter und Väter liefern ihre Kinder ab, es dauert nicht einmal eine Minute, dann sind sie wieder raus aus der Tür, seit drei Monaten geht das jetzt so, seit drei Monaten sieht sie die anderen Kinder sich mühelos von den Müttern und Vätern lösen, zumindest die meisten, was ist schief gelaufen in ihrer beider Bindungsentwicklung? Sicher ihre Schuld. Diese

Distanz, die sie sich von den ersten Schwangerschaftsmonaten an gewünscht hatte, und wie gerne sie einen Strang von Manuels Nabelschnur und ein bisschen Muttermilchproduktion an Tom abgegeben hätte; eine Mutterbrust für den Tag und eine Vaterbrust für die Nacht oder jene Zeiten, in denen die Brustentzündung mit ihren Topfenwickeln schwer auf ihr gelastet hatte, oder die plötzlich übermächtige Lust, sich mit scharfem Gulasch und Bier den Bauch vollzuschlagen.
Es ist doch nur bis Mittag, sagt sie, dann komme ich zur Abschlussfeier und du singst das Regenbogenlied vor, das wir geübt haben, und dann essen wir Smarties-Muffins, die die Mama jetzt backen wird, ich will mitbacken, mault Manuel, aber es ist ein halbherziges Aufbegehren, und Franziska sagt, du willst doch nie mitbacken, Manuel nestelt mit vorgeschobener Unterlippe an der Schnalle seines kleinen Kroko-Rucksacks herum, während er sich immer neue Fragen ausdenkt, um Franziska noch ein bisschen länger hier zu behalten, sie lügt jetzt und behauptet, dass Mama Geld verdienen muss, verdienen wird, denkt sie, und dass es strenggenommen keine Lüge ist, sondern eine Verständnishilfe. Warum wir nicht Papas Geld nehmen? Schon das Kindergartenkind hat ein Gespür für die Heilsversprechen konservativer Familienpolitik, das reicht nicht für unser Haus und unser Auto und für das ganze Spielzeug, und auch nicht für die Schi, sagt sie, du willst doch Schifahren lernen, oder? Ab wann er merken wird, dass Franziska noch gar kein Geld verdient, ab wann bekommt ein Kind mit, dass Frauen und Männer nicht gleichwertige Arbeit leisten, wenn es doch so offensichtlich ist wie in ihrem Fall, ein bisschen kündigte es sich schon an, das kindliche Geschlechterbild, als sie ihn einmal gebeten hatte, seinen Teller zum Küchenblock zu tragen und in den Geschirrspüler zu stellen, und er sagte: Geschirrspüler einräumen, das machen nur die Frauen, sie war empört hochgefahren aus ihrer Bückhaltung und hatte ihn gefragt, wer so

etwas behauptet, und Manuel hatte sie verschreckt angeschaut, und dann begriff Franziska, dass das Kind nie etwas anderes zu sehen bekam, sowohl zu Hause als auch im Kindergarten als auch bei den Großeltern, überall bückten sich Frauen aller Altersklassen zu den Geschirrspülern hinunter, nirgendwo sah Manuel Männer diese Arbeit machen, so etwas gräbt sich natürlich ein in ein Bubengehirn.

Dabei war es ihre Schuld, es war ihre Entscheidung gewesen, eine Dissertation zu machen, die Arbeitssuche hatte sich trostlos gestaltet, sie war mit ihrem Krill viel zu spezialisiert und in einer marktwirtschaftlichen Sackgasse, nur die Pharmaindustrie hätte sie genommen, aber zu diesem Verrat war sie nicht bereit. Als sie Tom kennenlernte, hatte sie sich schon einen Doktorvater und ein Thema ausgesucht, für das sie sich begeistern konnte und das zukunftsorientiert war, »Bestimmung der akuten Toxizität von Nanosilber in Zebrafisch-Embryonen und -Larven«, weil Nanopartikel und kolloidales Silber als neues Wundermittel von der Industrie bedenkenlos eingesetzt wurden, in aufhellender Zahnpasta, in Gesichtscremen, in geruchsarmer Funktionskleidung, in Fertigsuppen und auf Schneidbrettern, ungekennzeichnet und ungestraft, und Franziska spürte ihre alte Begeisterung für die Rebellion gegen Umweltsünden aufkochen; mit den Ergebnissen ihrer Forschungen an Zebrafisch-Embryonen konnte sie die Toxizität mit stichhaltigen Zahlen beweisen, Zahlen, mit denen man der Industrie vielleicht einmal schmerzhaft auf die Finger klopfen könnte.

Ihr war von Beginn an bewusst gewesen, dass sie Tom vorschickte zum Geldverdienen, dass sie in seiner Schuld stand, denn das bisschen Projektgeld war bald aufgezehrt, und als dann Manuel ungeplant dazwischen kam, war es keine Frage, die Dissertation reflexartig auszusetzen, zumindest die Laborarbeit, die sei für eine Schwangere ohnehin untragbar, sagte der Professor, das ginge arbeitsrechtlich nicht, und, dachte Franziska, schon gar nicht, wenn man als Schwangere Tag für Tag die verkrüppelten Embryonen vor Augen hat, verkrümmte Wirbelsäulen, Herz- und Augenödeme. Zwei Kollegen führten dankenswerterweise ihre Versuchsreihe zu Ende, die Auswertung hätte sie natürlich noch neben der Schwangerschaft erledigen können, aber es machte sie damals nervös, die geschädigte Embryonalentwicklung zu dokumentieren und gleichzeitig einen Embryo im Bauch zu tragen, und außerdem spürte sie die Hormonumstellung nicht nur dort und in den Brüsten, sondern auch in ihrem Gehirn, und das, obwohl die mütterliche Amnesie angeblich ein Ammenmärchen ist und wissenschaftlich bereits widerlegt wurde.

Andere unterbrachen ihr Studium auch, oder sie versandelten ohne Kind, nach dem Abschluss der Laborarbeit, wenn die Projektkassen leer waren, kollabierte die Arbeitslust, und das Niederschreiben war der größte Brocken, sie musste das Happen für Happen angehen, jetzt, wo Manuel in den Kindergarten ging, musste sie ihre Dissertation fertigmachen, sie musste das Material gründlich verdauen und schleunigst arbeiten gehen, sonst würde Manuel daheim nur klassische Rollenspiele zu sehen bekommen und ein familienpolitischer Ignorant werden, einer von diesen Ernährern, die man bei den Abschlussfeiern im Kindergarten nie zu Gesicht bekommt, sie hätte gerne, dass Manuel einmal ein Vater würde, der sich frei nimmt, wenn seine Kinder einstudierte Sprüche aufsagen oder bei einer bestimmten Stelle des Sonnenstrahlen-, Schneeflocken- oder Regenbogenliedes die Arme hochwerfen.

Sie umarmt ihn und geht schnell, nicht ohne zu winken, aus dem Kindergarten, vor dem drei Mütter herumstehen, sie lachen, eine raucht, zwei sieht sie auf den Kindergarten zugehen, so langsam wie die Kinderbeine neben ihnen, Kinder kosten so unendlich viel Zeit, man soll sie nicht hetzen, stand in einem

Artikel in der ›Zeit‹ mit dem Titel: »Der Tag, an dem ich aufhörte, *beeil dich* zu meinem Kind zu sagen«, Franziska hat ihn gelesen und sich wahnsinnig aufgeregt, warum war sie so wütend über diese intellektuellen Mütter mit ihren alltagsuntauglichen Erziehungskonzepten, da gebären sie Kinder in diese Welt mit ihrem *Zeit ist Geld*-Konzept hinein, und dann dürfen sich ihre Kinder nicht der Welt anpassen, sondern die Welt soll sich gefälligst um die Kinder herumschmiegen, die Eltern sollen es und die Arbeitszeiten und die Gesellschaft und die Schulen, alle sollen die Konzeptlosigkeit der Kinder respektieren. Manche der Mütter stehen auch noch da, wenn Franziska zu Mittag wiederkommt, um Manuel abzuholen, oder stehen sie *wieder* da, kann man wirklich so wenig zu tun und so viel zu reden haben, oder ist es Reden um des Redens willen, Angst vor der Stille zu Hause? Es ärgert sie, dass die anderen sich diese Zeit nehmen und sich in diesem eigenen Muttersaft durch den Tag, durch das Leben dünsten dürfen, während sie vor dem Laptop sitzen muss, der halbe Vormittag versickert in ein paar Sätzen, sie schreibt die Kapitel parallel, am liebsten schreibt sie an der Einleitung, bei der sie aber auch immer wieder ins Stocken gerät, dabei ist die Einleitung das einfachste, genauso wie Material und Methoden, das sind die gefälligen Kapitel, der Horror beginnt ja bei Interpretation und Analyse, sie kratzt ein bisschen an ihren Unterarmen, am Rücken, die Haut trocken und juckend, sie steht auf und cremt sich die Unterarme ein, dann zieht sie sich aus und cremt den Oberkörper ein, den Rücken zum Badezimmerspiegel, dann holt sie sich noch einen Kaffee und öffnet die Ergebnistabellen, und sie überlegt, wie sie sich dazu überwinden kann, endlich die statistische Auswertung ihrer Daten anzupacken, sie scrollt die Datenreihen auf und ab, sie muss wieder bei Null beginnen, drei Jahre keine wissenschaftliche Literatur gelesen, nein, sie muss tiefer, unter den Nullpunkt, sie müsste die Skripten aus

den letzten Semestern des Studiums hervorkramen, bei der Diplomarbeit hat sie ein bisschen geschummelt und die Daten einem Freund zur Berechnung gegeben, dem sie zwei Kisten Bier gekauft und in den vierten Stock getragen hatte, als Dank hatte er ihr die statistischen Daten berechnet und ihr die Ergebnisse erklärt, die paar Daten waren dann schnell in Worte gefasst. Das Wanderverhalten von antarktischem Krill im Hinblick auf seine Ernährung, damit kann man weder die Welt retten noch Geld verdienen, und sie mochte die kleinen gestreiften Zebrafische auf Anhieb, die in den Fischbecken nicht unglücklich wirkten, und die Tatsache, dass sie mit Eiern und Embryonen arbeitete, legitimierte den Tierversuch, der ja strenggenommen keiner war, denn obwohl die Augen, die Ohren und der Spinal Chord angelegt waren und sie herumschwammen, haben sie noch kein Gehirn, das wusste Franziska.
Die Mutterschaft hat ihre Gehirnstruktur verändert, so wie die Toxine in der richtigen Dosierung die Wirbelsäule ihrer Zebrafischembryonen gekrümmt hat: nachhaltig und lebenslang, so ein Vormittag ist schnell vergoogelt, die Mutterschaft hat sie heruntergebremst, von Autobahngeschwindigkeit auf Ortsgeschwindigkeit, ob sie jemals wieder auf Universitäts-Tempo beschleunigen kann, es interessiert sie mehr, wo ihre Kollegen mittlerweile arbeiten, in welche Wissenschaftszentren sie ausgeschwärmt sind, Karlsruhe, München, Sheffield, und dann muss sie wieder nachsehen, wie es Ralph geht, ob er schon, wie er beim Muttertagschinesen angekündigt hat, befördert worden ist, tatsächlich, Ralph lächelt ihr neuerdings bärtig aus seiner Filialleiter-Position auf der »Wir über uns«-Seite auf der Homepage der Bank zu, sein Porträt ist an die Spitze der lokalen Hierarchiepyramide geklettert, Gratulation, denkt sie, jetzt ist aber Schluss, denn so viel Glück auf einmal – Opernsängerin, Beförderung, Baby – das muss wirklich nicht sein.
Was ihr fehlt, ist das lustvolle Eintauchen in die Literatur und

in die Schreibarbeit, wie es bei der Diplomarbeit gewesen ist, aber Manuel hat sie an die Oberfläche geholt, sein Geschrei und seine schlechte Saugmotorik, in ihrer naiven Vorstellung hätte die ruhige Schwangerschaft in einem friedlichen Säugling gegipfelt, neben dem sich locker ein paar Stunden wissenschaftliches Zusammenfassen ausgegangen wären, aber Manuel hatte andere Pläne, Stillen und Schlafen waren komplizierte Manöver, die ineinander übergeleitet werden mussten und keinen Raum für Zebrafische ließen.

Und so weiß sie zum Beispiel das Haltbarkeitsdatum der Milch im Kühlschrank auswendig, und sie weiß, dass der Brokkoli heute oder morgen ausblühen wird, sie weiß, wann der Müll zu stinken beginnen wird und wann Manuels nächste Impfungen anstehen; wie soll sie aus dieser Banalität abtauchen in die statistische Auswertung oder in die trockene Sprache der Paper? Lieber sichtet sie wieder einmal das Bildmaterial und kontrolliert, ob die Bildunterschriften richtig nummeriert sind, sie ist ein bisschen stolz und findet, die Bilder sprechen für sich, sie erzählen eine Geschichte, wie ein Familienalbum, auch wenn man von Embryonalentwicklung keine Ahnung hat, die fünf Tage alten Larven aus der Kontrollreihe ohne Nanosilber stehen schnurgerade und intakt da, als würden sie gleich drauflos schwimmen wollen; bei den mittleren Silberionen-Konzentrationen hat man schon ein schlechtes Gefühl, so krumm und zwergwüchsig sehen die Larven aus – als wären sie beleidigt, verletzt oder hätten ihre Embryonalentwicklung verschlafen. Zuletzt die koagulierten Embryonen: schwarze, tote Eier, bei denen es schon vorbei war, bevor es begonnen hatte. Wenn man nun noch dazusagte, dass sich Nanopartikel nicht in Wasser lösen, dass sie die Blut-Gehirn-Schranke passieren können und in Klärschlamm nachweisbar sind, musste der größte Idiot verstehen, dass hier eine ökologische Zeitbombe tickte.

Abrupt springt sie auf, läuft in die Küche und nimmt Butter und Eier aus dem Kühlschrank, Mehl, Zucker und Kakao aus den vornehm herausgleitenden Laden, sie wiegt die Zutaten hastig und wartet nicht, bis die Butter weich ist, weil es egal ist, die Kinder merken keinen Unterschied, ob die Butter schaumig gerührt ist oder nicht, sie stopfen die Muffins in ihre kleinen Mäuler oder zielen auch daran vorbei, sie bröseln und patzen und lassen die angebissenen Reste liegen, wenn die nächste Süßigkeit vorbeigetragen wird, deswegen schmilzt sie auch nicht die faire Bio-Schokolade im Wasserbad, sondern rührt den Kakao vom Diskonter unter den Teig, der erstaunlich gut schmeckt, als sie die Förmchen befüllt hat und die Reste der Rührschüssel ausschleckt. Der süße klebrige Teig verklebt ihren Rachen, die Speiseröhre muss sich anstrengen, der Magen wird sich plagen, erst wird er Krämpfe kriegen und dann wird sich Fett ansetzen an diesen neuen Stellen, nicht an den Hüften, nicht am Bauch, sondern seitlich, dort, wo der Hosenbund endet, zwei kleine Fettnasen nur, die an- und abschwellen, aber nicht mehr wegzuhungern sind, seit Manuels Geburt. Sie kann nur hoffen, nach der väterlichen Linie zu geraten, in der Frauen zur Breithüftigkeit neigen, alles, nur nicht in diese Kastenform hineinaltern, Mutter war an manchen Stellen gerade geworden, trotz Taille, und Gesäß und Oberkörper hatten zu viele rechte Winkel, nichts Geschmeidiges, Fließendes mehr, sondern wie mit dem Lineal gezogen, sogar so etwas Rundes wie ein Busen wird an die gerade Linie verloren, sie stellt die Muffins-Formen in den Ofen, aber das liegt wohl auch an dieser Unterwäsche, die Mutter immer trägt, vor lauter Angst vor dem großen Hängen, diese Brustpanzer aus verstärktem Satin, getragen von Millionen von Frauen, die dadurch noch quadratischer werden.
Schnell schleckt sie noch die Rührer des Mixers ab und die Teigkarte, die anderen Mamis haben jetzt sicher schon einge-

kauft und gekocht, deren Kinder dürfen nach Hause, sie müssen nicht bleiben, dürfen und müssen, die Aufteilung ist immer eindeutig, nie sagt eine, mein Kind darf bis am Nachmittag bleiben, mein Kind muss nicht zu Mittag nach Hause. Manuel darf zwei Mal pro Woche im Kindergarten mittagessen, sie kann sich nicht erinnern, jemals im Kindergarten gegessen zu haben, nur an das Mitleid mit den Kindern, die nicht abgeholt, sondern in den düsteren Speiseraum abkommandiert wurden, wenn der Essensgeruch aus der Küche kam, Franziska stellt die Zeituhr und setzt sich wieder an ihren Schreibtisch, der Schokoladenrührteig in ihrem Magen ein Sumpf aus Zucker und Fett, aus Kakao von Kinderarbeit, und sie fühlt, dass diese Frauen im Recht sind, wenn sie ihre Kinder auslösen, die meisten Kinder wollen lieber zu Hause essen, dort müssen sie keine blöden Essenssprüche aufsagen und ihr Tellerchen nicht selber auf den Servierwagen stellen.
Sie hat jetzt noch eineinhalb Stunden, wäre da nicht diese Müdigkeit, dieser Zug zum Sofa, nur zwanzig Minuten, nicht mal eine halbe Stunde, sonst erträgt sie den Nachmittag nicht, es ist viel zu heiß für ein Kindergartenfest, man muss stehen und ein glückliches Muttergesicht machen, wenn das Kind stolz ist und etwas präsentiert, man darf sich nicht denken, dass einem hier das untere Ende der Durchschnittlichkeit präsentiert wird, Gesang, Tanz, Merkfähigkeit, alles wird dem schwächsten Glied in der Gruppe angepasst, es wird keine Leistung abverlangt, kein Druck, keine Genies werden produziert, es wird sachte dahinbetreut, kindgerecht, spielerisch, was will sie denn, kleine Mozarts oder Klimts oder Netrebkos oder was? Was gibt es eigentlich zu feiern? Dass sie sechs Wochen keine Kinderbetreuung haben wird?
Sie liegt mit geschlossenen Augen auf der Couch und versucht, Überzeugungsarbeit an sich zu leisten, es ist ganz einfach: die Datenkolonnen in die richtige Reihenfolge bringen, sie kont-

rollieren und die statistischen Funktionen anwenden, Formeln und überall anwendbare Gesetze, um den Erfolg ihrer Arbeit zu messen, um sie mit anderen Arbeiten zu vergleichen, warum ist das so eine Überwindung, wovon ist sie so müde, man muss immer wieder von vorne beginnen, sie steht auf, weil gleich die Küchenuhr losgehen wird, man kann nicht einfach nur Muffins backen, man muss achtgeben, dass die Muffins interessant werden für das Kinderauge, mit Schokoladenüberzug und ein paar Smarties muss man noch eins draufsetzen, die ganze Küche ist erfüllt von Kuchenduft, der Franziska scheinheilig vorkommt, sie wartet vor dem Ofen, bis der Wecker läutet, sie vermisst Ralph und das Kochen mit ihm, seine Unvernunft, aber sie vermisst auch Tom, und am allermeisten vermisst sie Manuel.

Später wird sie bei der Kindergartenabschlussfeier stehen und sich wundern, wie ernsthaft Mütter und Großeltern, aber auch ein paar Väter mit ihren Kindern Aufgaben lösen, auf Bechern spazieren, nach Äpfeln fischen und sich mit verbundenen Augen zum Idioten machen, und auch sie lässt sich mitreißen, sie meint, Manuels Stimme herauszuhören, als die Kinder das Regenbogenlied singen, und sie wird ganz versöhnt sein mit dem Muttersein, Manuel und sie werden an einem Bein zusammengebunden gemeinsam einen Parcours um Töpfe und Tücher laufen, sein kleiner verschwitzter Körper wird sich an ihrem reiben und sich nach der Ziellinie glücklich an sie drücken. Dann wird sie im Schatten sitzen, mit ihrem Sohn auf dem Schoß eine lauwarme Limonade und einen ihrer speckigen Smarties-Muffins teilen, alles wird seine Richtigkeit haben bis zu dem Moment, als sich eine monströse Schwangere, deren Bauch sich schon gesenkt hat, an ihr vorbei schieben wird und sie wieder angstvoll zu rechnen beginnen muss.

4

Elisabeth

Wir haben uns verlobt …
und können das Feiern nicht erwarten!
Darum gibt's
am 19.7.2013 ab 17:00 Sekt und Fischbrötchen
Währingerstr. 134A, Wien

Wir freuen uns auf Euch!
Elias und Louisa

Der Morgen ist noch kühl. Ich habe genug von der Hitze, und es liegt noch so viel Sommer vor uns. Es gilt durchzuhalten. Nach dem Rundgang im Garten (neue Maulwurfshügel) ein Kaffee, die Füße angenehm kühl auf dem Steinboden. Wenn ich jetzt walken ginge, wäre es noch nicht zu heiß. Wenn ich jetzt schon vom Walken zurück wäre, läge es schon hinter mir. Jeden Tag derselbe Gedankengang. Im Ankleidezimmer ziehe ich mir eine Laufhose an. Einen Sport-BH, der gleich vorwurfsvoll den Rückenspeck portioniert. Socken, Schuhe, ein strenger Zopf, die Kappe darüber und den Zopf durch ihr Loch am Hinterkopf fädeln. Alles muss fest verpackt und eingesperrt werden, damit das Fleisch dem Körper nicht im Weg steht.

Ich verlasse das Haus, gehe die ersten Schritte mit den Stöcken unter der Achsel, es geht bergauf, gleich zu Beginn. Manchmal hilft es, an das gute Cholesterin zu denken. An dunkel-

gelbe, kugelige Fettzellen. Oder wie jemand meinen Rücken betrachtet. Ich hebe den Kopf und sehe den Stadtteil schlafen. Später im Wald wird sich vielleicht eine Art Glücksgefühl einstellen. Die Häuser im schrägen Morgenlicht sehen aus wie aus Wohnzeitschriften ausgeschnitten: die Proportionen stimmen, die farbliche Abstimmung, die Dekoration. Wer organisiert in den anderen Häusern die Arbeiter, wer sucht das Grün für die Dachrinnen und Zäune aus, wer poliert die Rosenkugeln, wer putzt den Ruß von den Laternen? Wieviele tausend Stunden Arbeitskraft stecken alleine in unserem Haus? Nicht zu vergessen die Gärten. Unsere Gärten sind der Hintergrund, der sich ändert, damit man die Häuser immer wieder aufs Neue ansehen will, obwohl man schon alles kennt. Dazu braucht es die Wohlhabenden in dieser Stadt: für die uneingeschränkte Erhaltung von Bausubstanz, von Kulturgut, vom Gehsteig bis zum Kristallluster. Wer kann sich das denn sonst leisten. Die Russen bemühen sich gar nicht erst, das Renovieren, das Unterfangen und Trockenlegen der Villen, die mühevolle Restaurierung der verzierten Holzveranden überlassen sie den Einheimischen. Die Russen machen es sich leicht, sie bauen ihre Glaspaläste an den Waldrand und dann stehen sie herum, die Investitionen für morgen. So zementiert man den Wohlstand, macht ihn unempfindlich gegen Krisen und Inflation: so parkt man das Geld der Globalisierungsgewinner.
Ich nehme die Stöcke und beginne schneller zu gehen. Bis sich die Arme einschwingen, bis der erste Schweiß kommt, bis ich das Geräusch der Stöcke ausblenden kann. Zwischen den Villen ein verlorener Einfamilienbau aus den Siebzigern, aus dem Fenster beugt sich eine ältere Frau mit blaugeblümtem Haushaltskleid, die ihre Pelargonien wässert und mir nur einen kurzen Blick schenkt. Mutter fällt mir ein, ihr Geruch, wenn sie ihre Kittel aus Polyestermix einen Tag zu lang trug. Kleiderschürzen, sagte sie dazu, ich sah weder Kleid noch Schürze

darin, sondern nur ein ärmelloses Arbeitsgewand, einen Kittel, der sich aufgrund seines hohen Polyesteranteils eben nicht zum Arbeiten oder Schwitzen eignete, höchstens zum Beschmutzen und Mitleiderregen. Eine Uniform für die freiwillige gesellschaftliche Abwertung, in der sie standesgemäß um Schuldgefühle betteln gehen konnte. Mein Hass auf Mutters Kittel greift auf die mit dem blaugeblümten über. Die hat ein ganz schön großes Grundstück um das kleine Haus herum. Wie schafft es so eine in diese Wohngegend, ein glückliches Erbe vielleicht? Und wie schafft man es, dieser schicken Nachbarschaft mit ihren dicken Autos und ihren aufgeputzten Frauen jahrzehntelang in Polyester und Waschbeton zu trotzen?
Ob die sich nicht in der Ebene Weinkirchens, wo ich aufgewachsen bin, wohler fühlen würde, umgeben von den immerselben Bauten und den immerselben Mittelschichtproleten des Speckgürtels? Die Kappe beginnt sich an der Stirn festzusaugen, ein Fehler, sie aufzusetzen, da ist gar keine Sonne, sondern nur ein greller Dunst über allem. Vater, der sein Lebensziel mit dem eigenen Haus erreicht hatte: selbstgezimmerte Türstöcke, selbstgegrabener Keller, und jeder Ziegelstein war durch seine Hände gegangen. Wie sie sich gelohnt hat, die Gewaltanstrengung, es sich verbessert zu haben im Vergleich zu meinen Großeltern, die wie Leibeigene geschuftet und in der staubigen Werkssiedlung einer Munitionsfabrik gewohnt hatten. Vaters Zufriedenheit hat für ihn und Mutter gereicht, und zwar ein ganzes Leben lang. Vater hat seinen Traum gebaut, für Mutter, Hilde und mich, und für unsere Ehen und Kinder gleich mit, hat Mutter einmal gesagt.
Als wir es verkauften, schämten wir uns für das Haus.

Am Waldrand ein schneller Blick in den milchigen Morgen des Ostens auf unsere Villa, die hinter dem schütter werdenden Föhrenstreifen, der uns zu den Russen abgrenzt, den Blick

auf die obere Fensterreihe freigibt. Der Putztrupp war letzte Woche da, zwei schweigsame Frauen mit Kopftuch waren es diesmal, 120 Euro für 16 Kastenfenster inklusive Rahmen und Läden, und die Fensterbretter haben sie ausgelassen. Diese Häuser wurden in der Dienstbotenzeit gebaut, alleine für das Öffnen und Schließen aller Läden bräuchte man eine eigene Person, wobei ich, könnte ich es mir aussuchen, am liebsten eine asiatische Köchin hätte, die mir, wenn sie nicht gerade gesunde, leichte Köstlichkeiten zubereitet, gekonnte Fußmassagen verpassen würde. Zwei Häuser weiter die Villa mit ihren 38 Kastenfenstern und angeblich 4 Klavieren und den unsichtbaren, steinalten Besitzern. Es gibt immer eine schönere und größere Villa um die Ecke, wenn man sich in den Schleifen des Berghanges verfährt. Hier in diesem Teil Kaiserbads, in dem der wahre, bürgerliche Wohlstand konzentriert ist, nicht der neureiche, sondern der über Jahrhunderte verdiente, bewahrte, vererbte und vermehrte. Nie ist es in meiner Gegenwart ein Thema gewesen, und doch habe ich seit der ersten Begegnung mit Kurts Familie den langen Schatten der Tradition gespürt, und dass der Familienname so jemandem wie mir gar nicht zustand, ich war ja keine Akademikerin und, vor allem, meine Herkunft aus Weinkirchen war orografisch suspekt. Cornelia legte großen Wert auf diese Mikrogeografie, sie unterschied die Menschen des Berghangs von jenen der staubigen Ebene zu dessen Füßen. Wo die Straßen in rechten Winkeln zueinander verliefen, wo man sich in baumlosen Gärten gegen Hitze mit Schirmen zu helfen wissen musste und nicht auf einen Baumbestand zurückgreifen konnte, den man sich eben über ein paar Generationen hinweg verdienen muss.
Als ich in den Wald einlaufe, klebt mein Mund vor Trockenheit, der Schweißfluss hat sich auf den Rücken ausgebreitet, und von Hochgefühl immer noch keine Spur, nur ein Trost: Später wirst du es dir danken.

Warum sind die Holzpritschen geneigt, ist es ein ergonomisches Entgegenkommen, eine einladende Geste, sich niederzulassen, bitteschön den Kopf hier zu betten und die Beine dort? Es ist ein so zuvorkommendes Grün, in dem die Pritschen gestrichen sind, so einladend, tannengrün. Sicher muss man das jedes Jahr neu streichen, die Körperflüssigkeiten und die Sonnencremen lassen den Lack gewiss korrodieren. Jemand muss die Oberfläche anschleifen und glätten und in der Vorsaison mit einer Walze oder einem Pinsel darüber streichen, ein Arbeiter mit gebrochenem Deutsch, im April oder Mai, wenn die Sonnenterrasse noch nicht für Männer verboten ist. Ich stelle mir vor, wie ein Arbeiter hinter einem dieser scheinbar blinden Fensterchen hervorspäht und gar nicht genug kriegen kann von diesen wohlhabenden und gleichzeitig abhängigen Frauen, die man begehren und gleichzeitig verachten kann und die deswegen so eine perfekte, kostenlose Wichsvorlage darstellen. Ich könnte mich ja auch in den eigenen Garten legen. Der Gedanke, mich dort nackt auszubreiten, die Tannen über mir und das Haus mit Cornelia, der Todesengel und der Witwer in der Nähe. Entsetzlich.
Ich spüre das UV-Licht in meine Genitalien beißen, drehe mich auf den Bauch. Das Geschlecht herzeigen, dass man das so kann. Dass man es so wollen kann. Ich will mir gar nicht vorstellen, wie es sich auf der Herrenterrasse abspielt, wenn es auf der Frauenterrasse schon so schamlos zugeht. Mittelalte Männer, die schmerbäuchig und reglos in der Sonne braten, da wird nicht so viel Unterschied zur Frauenterrasse sein, vielleicht ein bisschen mehr Greifen, Männer sind bekannterweise sorgloser, sie können sich gar nicht genug in den Schritt greifen, unabhängig von Alter und sozialem Status, Männer in feinen Wollhosen machen das und Bauarbeiter.

Eine Weißhaarige, die bis jetzt recht nobel ausgesehen hat, er-

zählt, wem und wo ihr Mann am Vormittag seine Aufwartung macht. Erst das Revier, dann ein Kaffee und dann das erste Achtel, aber vormittags nie mehr als eines, wegen des Gamma-GT-Wertes und wegen der Wechselwirkungen mit dem Präparat für dieses oder jenes Leiden. Wie schamlos sie diese Details ausbreiten, ob das den Männern recht ist? Ob die auf der Männerterrasse liegen und mit derselben Genüsslichkeit über Gebärmutterentfernungen und die Krampfadern ihrer Gattinnen tratschen? Ein lustvolles gegenseitiges Zerlegen in die Materialermüdung der Einzelteile, oder doch nur Fußball und Wirtschaftskrise? Es wird jetzt still um mich. Der Gedanke, Kurt läge auf dieser Männerterrasse, in Rückenlage, zwischen anderen, faul fläzende Glieder, und Kurt redete über mich. Die Meinige hat immer noch ganz gute Beine, Gebärmutter und Eierstöcke, alles noch drin, sie schwimmt regelmäßig, und bis vor einem halben Jahr hatten wir zumindest noch einmal pro Monat eine Anstandsnummer (zustimmendes Brummen). Und früher hatte ich eine Junge, die rasierte sich komplett (anerkennendes, melodisches Raunen). Oder aber Auftritt Gustav. Er säße wohl eher, ein Bein aufgestellt, darauf der magere Arm mit einer Zigarette. Schweiß vornehm in den Geheimratsecken. Da kenne ich eine, seit Jahren schon, am liebsten würde ich ihn ihr jetzt gleich reinstecken, eigentlich immer, sogar schon beim Begräbnis meiner eigenen Frau. (Lachen.)
Energische Zensur! Als wären alle so primitiv. So einfach ist das auch wieder nicht. Ich drehe mich ärgerlich auf den Bauch. Der nackte Gustav am Ende der Pritsche hat jetzt leider eine Erektion, und legt sich auf mich, nicht ohne vorher sorgsam meine Beine zu spreizen und das Geschlecht zu inspizieren. Diese ungebetene Geilheit, ein seltener, aber aufdringlicher Gast. Das wäre jetzt ein Kinderspiel, die schlafen doch eh alle, nur die Hand unter den Bauch und den Zeigefinger beiläufig

zwischen die Schamlippen schieben, es bräuchte nicht viel, nur zwei, drei kleine Hin- und Her-Rutscher, und es wäre nach ein paar Sekunden erledigt.
Andererseits, wer schläft schon auf der Hand. Lieber höre ich meinem Blut beim Rauschen zu, auch so eine Alterserscheinung, wenn ich mal fette Haare habe und mir alles gleich ist, dann springe ich ins Wasser, ein richtiger Kopfsprung wie früher, nicht so ein damenhaftes und frisurschonendes Hineingleiten. Und wenn ich das tue, geht das Wasser nicht mehr aus dem rechten Gehörgang heraus. Wird man sogar innen schlaff und faltig? Macht denn das Alter vor gar nichts halt?
Gustav, das ist jetzt schon wieder vier Jahre her, bei Ediths Begräbnis, da hatte er schon ein kleines kugeliges Bäuchlein unter dem schwarzen Hemd, das passte so gar nicht zum trauernden Witwer, er stand da beim Kondolieren und weinte immer wieder, und durch die Hemdknöpfe lugte seine blasse Haut, die mit kleinen rotblonden Härchen bewachsen ist, diese Schlangenlinie in der Körperhaltung, an ihm und den Kindern stauten sich die Trauergäste, ein zäher Strom von Trost, der nach dem Grab versickern durfte, und ich wartete hinter einem Biocontainer und dachte an Ediths Kopfschütteln und Ediths Kuckucks-Lachen und Ediths Schadenfreude und zögerte das Kondolieren hinaus, weil ich wusste, sogar am Grab würde dieses Sehnen da sein. Immer diese Spannung, von Anfang an, als würde sich zwischen uns die Atmosphäre verdichten, Kurt immer arglos, und niemand hat etwas gemerkt, auch Edith nicht, es war ja auch nichts zu bemerken, weil wir brav waren und es blieben, nur solche Bagatellen wie ein kurzer Blick oder ein Anstreifen oder ein reflexhaftes sich Einander-Gegenübersetzen beim Essen. Wer weiß, beruht es überhaupt auf Gegenseitigkeit.

Pünktlich, gegen 11:45, kommt der Hunger. Früher war das nie so. Man wird immer verfressener, und die Qualität des

Essens wird wichtiger, denn wenn man einmal Trüffel und Gänseleber gegessen hat, will man auch ein in Bienenwachs gegartes Saiblingsfilet probieren; es gibt nicht viel im Leben, das immer wieder neu zu entdecken ist, so wie Essen und Trinken. Manchmal denke ich, wenn wir unsere Fortpflanzung erfolgreich abgeschlossen haben, schwärmen die Nerven aus und wandern von den erogenen Zonen in die Mundhöhle und in die Zungenspitze. Der Appetit ist eine Geilheit, die sofort und maßgeschneidert befriedigt werden kann, im Gegensatz zu dieser immer schwieriger werdenden Sexualität. Man weiß, dass man hungrig ist und worauf, und man kann es kaufen oder kochen oder bestellen. Früher waren Kurt und ich nicht so wählerisch. Auch unsere Freunde nicht. Wir aßen Fleischlaibchen und Schmalzbrot, und wir tranken immer den billigsten Tafel- oder Schankwein. Mit der Zeit und den Beförderungen mehrten sich die Einladungen und Verabredungen in teuren Restaurants. Die Gespräche über Wein, über Starköche, Kochbücher und den guten Jahrgang. Bei einem 7-Gänge-Menü mit Weinbegleitung in einem 5-Sterne- oder 3-Hauben-Restaurant ist immer etwas dabei, das man noch nie gegessen oder getrunken hat; das sind die altersgemäßen Abenteuer, die Kurt und ich teilen können. Wir sind alt genug für gutes Essen, rechtfertigt sich Kurt immer, wenn ich bei der Rechnung die Brauen hebe, weil er einen Single Malt um 25 Euro das Glas haben musste. Natürlich geht es nicht nur ums Essen. Falstaffführer und Gourmetguides sind Reiseführer in eine höhere Gesellschaftsschicht, und das Personal, das sich uns standesgemäß unterwirft, begleitet uns auf dem Weg dorthin. Es war nicht lange aufregend, die Jacke ausgezogen und den Stuhl unter den Hintern geschoben zu bekommen.

Leider verdauen Frauen meines Alters das gute Essen sehr effizient, und wenn man nicht achtgibt, schlägt der Wechsel ein wie ein Komet und die Dimensionen verschieben sich. Manche Gleichaltrige sehen aus, als hätte man sie in eine Kastenform gepresst, bei mir geht es auch schon los, der Rumpf begradigt sich, das Kinn verschwindet, und in den Textilien, die einem als altersgemäß verkauft werden, wird die Geschlechtslosigkeit noch einzementiert. Dagegen hilft nur hungern; oder Krebs.

Ob meine weiße Haut die Sonne reflektiert? Warum tut sich da so wenig, nur die Arme sind braun, aber das waren sie vorher von der Gartenarbeit auch schon, der Bauch bleibt weiß, die Bikinizone ist bläulich, weil da nie Sonne hingekommen ist. Ich liege nie nackt und lag nie nackt, außer einmal, da musste ich, damals in Jugoslawien mit einer Freundin und deren Eltern, ich war 19, ein großes Naturalist Camp, so sagen sie in Kroatien heute noch dazu, diese ausgetrocknete Küstenlinie mit Betonwürfeln darauf wie vom Himmel gefallen, glühend in der Mittagshitze im August, und seit Jahrzehnten unverändert bevölkert mit FKKlern, die in Schlapfen über den stacheligen, verbrannten Rasen spazieren, mit schaukelndem Fleisch so ganz ohne Stütze. Alles musste nackt gemacht werden, das Herumgehen und das Liegen und Schwimmen, und zweimal am Tag die Aufforderung über Lautsprecher in vier Sprachen, dies sei ein Naturalist Camp, Bikinis und Badehosen seien unerwünscht. Sogar beim Essen die Nacktheit, dampfende Geschlechtsteile unter den Tischen und die große, extrawurstfarbene Brustwarze so nahe bei den Pommes und dem großen Klecks Ajvar, dass man sie in die Paprikapaste tauchen sah. Diese allgegenwärtige Geschlechtlichkeit empörte niemanden, denn alle waren abgelenkt von der jungen Schönheit im James Bond Girl Bikini, die tatsächlich angezogen herumstolzierte, da neigten sich die Köpfe und drehten sich die Hälse. Dass das möglich war, verblüffte mich: Hunderte Nackte sehen einer Angezogenen nach.

Wie es dort wohl heute zugeht? Ob sie immer noch alles nackt machen, das Einkaufen und Essen? Ob es jetzt Hygienevorschriften gibt, das Weißbrot nicht mehr unter die Achsel gesteckt werden darf, und ob die nackten Unterleiber aus der Ess- und Trinkzone verbannt worden sind? Die Freikörperkultur, die schon seit Jahrzehnten tot geredet wird, aber noch immer nicht ausgestorben ist, vielleicht kommt es ja wieder in Mode, alles nackt zu machen, weniger wegen des Freiheitsgefühls, sondern eher wegen des Herzeiggefühls, die nächste Generation der Jungen etwa, die es so gerne bauchfrei und hauteng hat, die noch knackiger und straffer ist als jede Generation zuvor. Ob es sie wirklich gibt, die Brustvergrößerung zum Abitur? Genitaljuwelen, Piercings und Tatoos, das alles schreit ja nach einer Bühne. Fast könnte man neugierig werden. Das wäre eine Freude, mehr zu sehen als die nackte alternde Haut über der Oberschicht meiner Heimat. Und wieder eine Stunde geschafft.

Ich muss noch den Fisch für das Wochenende bestellen. Für den Fischverkäufer gehe ich mir die Haare trocken fönen und die Lippen anmalen. Und die Wimpern tuschen. Im Auto lasse ich die Klimaanlage ausgeschaltet und öffne das Fenster. Es ist heiß, aber auf der Straße in den Weinbergen kann ich aufs Gas steigen und den Fahrtwind genießen.
Elias verlobt sich also und wir dürfen die Fischbrötchen mitbringen. Vielleicht geht auf der Enkel-Baustelle endlich etwas weiter. Das hätte ich mir auch nie gedacht, dass ich mit 58 immer noch nur einfache Großmutter bin, die nur ganz selten auf Manuel aufpassen darf. Es stört mich, dass Franziska so mit ihm geizt. Ich hätte einen guten Einfluß auf ihn. Ein paar Mal hat sie ihn mir da gelassen, und er ist meistens schreiend durch den Garten gelaufen. Ich habe ihn Nacktschnecken sammeln geschickt, und wir haben sie gemeinsam gesalzen und ihnen

beim Sterben zugesehen: das hat ihm Spaß gemacht. Franziska muss nicht alles wissen.
Wenn Elias einmal Vater wird, werde ich nach Wien fahren müssen, um mein Enkerl zu sehen. Wenn Louisa Kinder will. Wenn sie nicht lieber Primaria werden will. Wenn sie Kinder bekommen kann. Ich nehme mir vor, mir keine Sorgen zu machen.

Wären nicht die Kinder, das Alter wäre ein dunkles Tal. Es sind die Kinder, die einen ablenken vom Selbstmitleid, das so schrittweise, aber dogmatisch gekommen ist wie der Wechsel oder die grauen Haare. Dass Elias sich mit Anfang 30 verlobt, hätte ich nie gehofft. Ich war auf ein ewiges Nicht-erwachsen-werden-wollen eingestellt, auf die kontinuierliche Abarbeitung der Meilensteine, eigene Kanzlei, eigene Mitarbeiter, Zusammenschluss mit anderen, Börsengang, und dann, Mitte 40, wenn die kapitalen Hirsche geschossen sind, die Besinnung auf Familie. Und dann findet er sich eine Ärztin, die auf den ersten Blick ein bisschen zu groß und breithüftig für Elias scheint und aus einer linken Familie voller Intelligenzbestien kommt: Vater Cellist, Mutter Spanischprofessorin, Schwester Autorin. Dass ein so ernsthafter, zielstrebiger Mensch wie Louisa einer solchen Chaoten-Familie entspringen kann. Ich habe unseren Garten angeboten für die Verlobungsfeier, aber sie und ihre Verwandten wollen sich lieber in der stickigen Wiener Altbauwohnung ihrer Eltern zusammenpferchen. Immerhin darf ich Fischbrötchen mitbringen. Bitte sehr. Louisa ist das Bisschen zu erwachsen, das Elias zu unerwachsen ist. Vielleicht unterschätze ich ihn, wenn ich mich frage: Wie hat sie ihn nur festgenagelt?
Erst konnte ich nicht erwarten, dass sie groß wurden, und dann konnte ich es nicht ertragen, dass sie auszogen; dabei wird es jetzt erst richtig ernst mit der Reife. Edith hat immer

gesagt, reife Früchte gehören vom Baum. Man sieht die Kinder groß werden, man ist ja nicht blöd, und es geht ja nicht von heute auf morgen.
Anfangs die leeren Zimmer, die Türen vorsorglich geschlossen, als könne man die Erinnerungen an die Kinder konservieren, inmitten der Möbel, die so schnell unmodern wurden, und der überalteten technischen Geräte. Wie ich mich nach einer angemessenen Karenz ins Zeug gelegt habe, um in den Kinderzimmern eine Art neutralen Raum zu schaffen, ohne die Kinder hinauszukomplimentieren. Sie sind ja immer erwünscht, und auch irgendwann einmal die Enkelkinder; und trotzdem will man den Raum wieder einnehmen, obwohl man ihn nicht braucht. Man bläht irgendetwas auf und stopft es hinein, damit den Räumen eine neue Berechtigung zukommt, zwei Arbeitszimmer im Pensionistenhaushalt, in einem werden Kontostände am PC abgerufen und sonst nichts, und das andere ist ein Musikzimmer mit einem kleinen, verstummten Orchester darin aus all den ungeliebten Instrumenten, die die Kinder zurückgelassen haben: ein verstimmtes Pianino, eine Bassgitarre, ein Schlagzeug. Die Tatsache, dass die Kinder nie zurückkommen und in den obsoleten Zimmern übernachten, macht sie noch leerer.
Obwohl Ediths Kinder noch keine 18 Jahre alt waren, als sie starb, machten wir schon davor Pläne, die Kinder in die Selbstständigkeit zu verscheuchen, die Häuser der teuren Hanglage unseren Männern zu überlassen und unser Leben in ein kleines Ausgedinge im Waldviertel zu verlagern, wo wir mit zwei Zimmern und vielleicht einem Gästezimmer – für unsere Kinder und Enkelkinder – das Auslangen finden würden.
Und was würden wir dort die ganze Zeit tun, habe ich sie gefragt.
Ein Hochbeet anlegen, lesen; und du, hat sie gesagt, darfst dich endlich ungestört fettfressen.

Noch einmal erblühen und dann in Würde welken, das hat Edith gesagt, als sie Ende vierzig war, und sie ließ sich die Haare mit Extensions auftürmen und rot färben, sie investierte Unsummen in Hautcremes und Verjüngungsampullen, und das Wunder passierte, Edith blühte ein dreiviertel Jahr, rieb sich abwechselnd an zwei knabenhaften, miteinander befreundeten Germanistikstudenten, und zu Weihnachten ließ sie sich in den Ohrensessel fallen und seufzte: Jetzt ist Schluss mit den Friseursitzungen und den Geliebten und den Nagelstudios und Fußpflegen und Frischzellen und den kalten Duschen in der Früh, und prompt kam sie kurz nach Silvester in den Wechsel und das Aussehen war ihr mit einem Mal egal, ganz zum Entsetzen von Gustav, der an der neu erblühten Edith Freude gefunden hatte, zumindest zu Repräsentationszwecken. Edith hätte eine schöne, spitzbübische Alte abgegeben, mit langem weißem Zopf und grauen Umhängen und einem knorrigen Stock, und ich wäre das fette, gemütliche Pendant gewesen mit dem verwilderten Pilzkopf und altrosa Häkeljäckchen; und auch wenn ich Verlustängste oder Krebs miteingerechnet habe, eine gewisse Restwahrscheinlichkeit hätte ich dieser Zukunft eingeräumt.

Man kann nur bei einem ganz bestimmten Fischhändler an ganz bestimmten Tagen Fisch bestellen, und das nicht telefonisch. Zwei Kilo geräucherte Saiblingsfilets, 150 Gramm Forellenkaviar für die Fischbrötchen. Es müssen gute, glückliche Fische sein, und sie müssen bis kurz vor dem Schlagen im klaren Teich schwimmen, ihre rosa und türkis glänzenden Punkte glitzernd auf den muskulösen Leibern. Der Fischhändler beliefert die Spitzengastronomie in der Region, und wir haben das Glück, in der Nähe seiner Fischzucht zu wohnen. Regionale Spezialitäten einkaufen, die es nicht im Supermarkt gibt, ist eine Art Ernte, ganz ohne schweißtreibende und staubi-

ge Arbeit, die man sich nur mit langen Anfahrten verdienen muss.
Dort, wo die Schenkel aufeinander treffen, beginne ich zu schwitzen. Ich schalte die Klimaanlage ein und lasse das Fenster offen. Es sind fast nie mehr als 20 Autominuten zu fahren: bis zum besten Biogemüse 10 Minuten, bis zu den besten Hühnerbrüsten 5 Minuten, bis zum besten Fisch 15 Minuten Fahrzeit. Kein Wunder, dass man fett wird. Als die Kinder in der Schule waren, konnte ich einen ganzen Tag damit füllen, nur das Beste für meine Lieben zusammenzusammeln, aber jetzt hilft auch das Nahrungsbeschaffen nicht gegen die Unruhe, die mich zu beschleichen beginnt, es fühlt sich ein bisschen an, als würde eine Zehe an der Spitze zu faulen beginnen und als hätte mein Leben diese kleinen weichen Flecken, die es nur mehr auf den Bio-Tomaten gibt.

Ich lasse zwei Mädchen über die Straße gehen, ihre Haare wehen, sie teilen sich ein Paar weiße Ohrenstöpsel. Vor 40 Jahren hätte sich der Fischhändler vielleicht für mich interessiert, wenn ich nur ein bisschen frivoler gewesen wäre oder insistierender. Als 15-jähriger hatte er schon Unterarme wie andere Oberschenkel, und Augenbrauen zum Fürchten. Und immer das Hemd aufgekrempelt, sodass man die schwarze Behaarung sehen konnte, durchgehend bis zu den vordersten Fingergliedern. Zwei Bänke rechts von ihm hatte ich einen guten Blick darauf. Ich weiß nicht mehr, ob ich ihn geküsst habe oder jemand anderen, dort auf den muffigen Sofas unserer Bar war es dunkel, und alle Buben rochen gleich, aus dem Mund nach Cola mit Whiskey und Kaugummi und aus dem Schritt dumpf nach Waldboden. Wenn ich seine Frau geworden wäre und nicht Kurts. Dann würde ich heute Fische füttern, Gedärme aus den Fischbäuchen schaben, Fischfilets folieren, Zander und Saiblinge verkaufen und mir über Fischkrankheiten

Sorgen machen. Gemeinsam Geld verdienen, das muss sich gut anfühlen, es wirklich erarbeitet zu haben, jeder Cent ein Molekül Rechtschaffenheit.
Das Geld auf unserem Konto ist eine selbstverständlich verfügbare Ressource, wenn man es abhebt, sickert neues von unten nach, eine Quelle, die nichts mit mir zu tun hat. Natürlich empfinde ich Dank, dass es uns finanziell so gut geht. Natürlich habe ich alles, was ich gewollt habe. Nur dass das, was ich gewollt habe, nicht viel war. Man ist bescheiden. Man ist am Buffet des Lebens schon auf Diät gewesen und hat sich für eine gedämpfte Zukunft mit salzlosen Lebensträumen entschieden.
Das ist eine Arbeit, hat Kurt immer gesagt, wenn ich ab und zu gejammert habe darüber, dass es nicht bezahlt und deswegen nicht geschätzt werde, mein Kochen und Liebhaben, mein Kümmern und Organisieren. Und dass wir uns die Arbeit doch teilten, hatte er wiederholt, dass er meine Leistung in seinem Gehalt eingerechnet verstünde, wegen der Kinder. Und wegen des Hauses und des Gartens. Edith arbeitete wenigstens eine Zeitlang halbtags als Arzthelferin, aber eigentlich war das Private unsere Arbeit, unsere Profession. Warum uns also nicht in die wohlverdiente Pension entlassen, gemeinsam. Eine Art Gnadenbrot für die tüchtigen Arbeitspferde Edith und Elisabeth. Wozu ich nur jahrzehntelang all die Angst vor Krebs gehabt habe, wenn dann so etwas Schnödes wie eine Aneurysmaruptur auftritt, etwas, das man im Internet suchen muss, weil man es noch nie gehört hat, geschweige denn gefürchtet.

Ich bin zu spät gekommen, um den Fischverkäufer persönlich anzutreffen. Er ist am Teich, sagt seine Frau lächelnd. Sie hat große graue Augen, trägt eine Plastikschürze und transparente Plastikhandschuhe. Neben dem Tresen ein gefliestes Becken, in dem ein paar Forellen ihre Bahnen ziehen. Wie sie wohl zappeln, wenn man sie greifen will, wie sie sich aus den Händen winden würden. Ich gebe meine Bestellung für morgen auf und verlange noch zwei Zanderfilets extra. Sie zieht die Handschuhe nicht aus, als sie meine Bestellung niederschreibt. Ein kleines bisschen Fischblut klebt auf der Schürze und auf dem Bestellzettel. Sie spießt ihn an die Pinnwand.

5

Franziska

Die Kulturvereinigung Alpha lädt zum
Literatur Sommer

LESUNG
Irina Berlakowic

1.8.2013, 19:00
Open Air auf der Terrasse
Haus der Künste, Kaiserbad

bei Schlechtwetter im Kaisersaal!

Franziska lehnt an der Wand, die Lesung dieser Rothaarigen will und will nicht enden, sie hört sich offenbar gerne reden, was Beatrice wieder daran findet, aber immerhin ist es nicht dieser knappe, karge Stil, der unparfümiert wirken soll, sondern ein üppiger, als würde sie die Fundstücke mit beiden Händen in einem Bottich mit Worten wühlen und die ins Publikum werfen, Franziska denkt an den letzten Bestseller, den sie gelesen hat, authentische, kraftvolle Prosa, stand in der Zeitung, aber wie so oft blieb es eine trockene Angelegenheit, sie hat ihn schlecht gelaunt weggelegt, nichts darf mehr saftig und opulent sein auf dieser Welt, nirgends mehr Fett und Zucker, nicht im Käse und nicht im Wein und nicht in der Literatur, auch diese Stirnfransen, dass Künstlerinnenfrisuren immer so dilettantisch verschnitten aussehen müssen, da ist eine Intention hineingeschnitten, ich bin nicht wie ihr, sagen die Stirnfransen, im Gegensatz zu dir genieße ich Anerkennung, weil ich der Gesellschaft meine anmaßenden Urteile vor die Füße rotze, sagen die Stirnfransen jetzt zu Franziska, du und deine blöden Zebrafische, dein toxikologisches Dissertatiönchen, Franziska hat als Kind einmal einer Perücke aus Mutters Faschingskiste die Stirnfransen mit einer Nagelschere geschnitten, das hat genauso ausgesehen, jetzt liest sie gerade über die Vergangenheit ihrer Großmutter, das Publikum lacht und der Moderator schmunzelt, sie sind ganz froh, dass es einmal etwas anderes gibt als Olivenöl und Zitrone, es geht um so eine Nazisache, warum lachen die Leute da, ist das nicht wieder zu üppig, Franziska denkt an kalten Schweinsbraten, und später werden sie über ihren Rotweingläsern nicken und Sätze hin und her werfen, irgendetwas über Sprache und gesellschaftliche Relevanz, und später gibt es in der Bar Italia gebratene Garnelen oder einen Antipastiteller, den sie sich mit Beatrice teilen wird, wobei Beatrice die Kohlenhydrate verschmähen und sich umso gieriger über den gut getrüffelten Parmesan hermachen wird, sodass für Franziska genug Weißbrot übrigbleiben wird, um den beleidigt pulsierenden Magen zum Schweigen zu bringen. Sie hebt den Blick wieder und versucht sich zu konzentrieren, viele sind nicht gekommen, die meisten verausgaben sich bei den wahren Künstlern dieser Stadt, bei den Darbietungen der Operettensänger und der pensionierten Schauspieler und Politiker, bei den Blasmusikkapellen und Musikschulkonzerten, bei all denen, die immer schon die Kulturlandschaft dominiert haben, nur ist es Franziska nie aufgefallen, weil sie sich nie für Kultur geschweige denn Literatur interessiert hat, erst jetzt, seit Beatrice in ihr eine gute Begleiterin gefunden hat, es sind kleine Schritte, mit denen sie sich wieder die Abende in ihr Leben zurückholt, Abende, die als einzelne ihre Daseinsberechtigung haben, ein Abend, an dem ihr eine Schriftstellerin eine Sphinx ins Buch signiert hat, oder einfach ein Gespräch, an das man sich zumindest ein, zwei Tage lang vage erinnert. Die

Abende der letzten drei Jahre erscheinen ihr als Kollektiv, als blaugraues Stundenmeer zwischen eingeschlafenem Kind und eigenem Schlaf, Lebensenergie, die sich in Gier nach Schlaf auflöst, am Abend zeigte sich, wo die Ressourcen zu Ende waren, erst reichte es nicht mehr für Sex, dann nicht mehr zum Lesen, dann nicht mehr für anspruchsvolle Filme, dann nicht mehr für anspruchslose, am Ende nur mehr für halbherzigen Haushalt, bevor sie ins Bett ging, immer noch ein bisschen früher als Tom, der sein Sportprogramm gern abends abspulte, immerhin ist sie bei einer Lesung, hier kann sie sich niveauvoll berieseln lassen, ohne lesen zu müssen und ohne gestört zu werden. Aber seit sie sich interessiert, fällt ihr schon der Unterschied auf, die Verschränkung von Unterhaltungskunst und Vergreisung, je unterhaltsamer, desto mehr Köpfe und desto grauer der Kopfwald. Ein grauer Kopf sticht heraus, der Mann sitzt nicht, sondern steht, und er wendet sich während des Zuhörens dem Fenster zu, das auf den Park geht, es ist dunkel draußen und der Mann kann nur sein Spiegelbild betrachten, oder ein Detail am Fenster, vielleicht einen Rahmen oder einen Griff.

Ein bisschen versteht sie das Publikum, das unterhalten werden will, diese jungen Künstler sind anstrengend, Literatur ist es, und die von Schriftstellerinnen noch mehr, immer diese Autorinnen mit ihren persönlichen Befindlichkeiten, kaum geben sie etwas von ihrem Privatleben preis, frisst ihnen das Publikum aus der Hand, Selbstmitleid auf Honorarbasis, ob sich das nicht rächt, ich hätte auch Autorin werden sollen, dann könnte ich meine pummelige, komplexbeladene Mutter unter Aspik auf einem Silbertablett servieren, denkt sie, meinen notorisch polygamen Vater häppchenweise als Beilage und meinen Bruder, den Steuerfachtrottel, als Nachtisch. Andererseits ist es witzig, dieser Seitenhieb auf die Blödheit der Nazi-Generation, es ist ja schön, dass man darüber lachen kann, und während sie lacht, fällt ihr Blick auf dieses Bild an der Wand, das sie vergrößern haben lassen, es zeigt eine Szene aus der Stadt, wie sie Juden die Straßenbeschmierungen von der Straße putzen lassen, und rundherum stehen Leute, alle lachen ihr Schwarzweißlachen, manche mit herzhafter Begeisterung, andere eher gehorsam, als müssten sie noch überzeugt werden, ein Gesicht trifft Franziska besonders, das könnte ihre Großmutter sein, und auch der uniformierte SSler, der die Aktion breitbeinig überwacht, sieht bekannt aus, die Hände lässig hinter dem Rücken verschränkt, die Stiefel und dieses Brustgeschirr, unglaublich, mit so einer Zurschaustellung von Systemtreue würde man sich heute lächerlich machen, und als sie die Gesichter auf dem Foto einzeln durchgeht, sieht sie: alle sehen sie irgendjemandem ähnlich, und da kommt ihr dieses Grauen, das sich anfühlt, als wäre es schon viel zu spät. Sie dreht sich wieder weg vom Bild, sieht den Grauhaarigen, der aus dem Fenster gesehen hat, er hebt sich ab von den anderen Grauhaarigen, da ist kein Interesse für die Sache oder für andere, er steht am Fenster, die Hände in den ausgebeulten Hosentaschen, jetzt ist die Lesung endlich vorbei, Franziska geht sich ein Glas Wein holen, während Beatrice sich brav um ein signiertes Buch anstellt, sie kennt ein paar der Zuhörer vom Sehen, mit einer ist sie in die Schule gegangen, sie hat immer noch diese hohe, fleischige Stirn wie in der Schulzeit, keine einzige Falte darauf, wie sie mit Nachnamen heißt, fällt Franziska nicht ein, aber ihr Mund, der ihr den Spitznamen Blasmund Babsi eingebracht hat, ist nicht mehr so fleischig wie damals, jetzt muss Franziska fast lächeln, sie lächelt in das entspannte Gemurmel des Auditoriums hinein, das jetzt endlich nicht mehr den Mund halten muss, und Blasmund Babsi lächelt zurück und kommt auf sie zu, das Geschwollene ist jetzt verschwunden, wenn Luftballons weich werden und man sie angreift, ziehen sie sich um die Fingerkuppen zusammen,

Franziska bekommt eine Gänsehaut, dieselbe langweilige Art wie früher, Bankkauffrau, verheiratet, blabla, zwei Kinder, alle haben zwei Kinder, zwei ist die einzige unverdächtige Kinderzahl, alles andere erregt Verdacht, ein Einzelkind ist der Beweis für krankhaften Egoismus – der Mutter – oder vorzeitigen Verlust der Fruchtbarkeit – der Mutter, drei Kinder sind der Beweis für dummdreistes Sexualverhalten, alles über drei Kinder geht doch nur bei verhaltensauffälligen Proleten oder unter katholischem Empfängnis- und Gebärzwang.
Aber niemand ist so verdächtig wie eine Frau ohne Partner und ohne Kind, denkt sie, eine, die von ihren Genitalien quasi keinen korrekten Gebrauch macht, ist es nicht so, Beatrice ist so ein Fall, aber sie ist zu unbedarft, das mitzukriegen, angeblich hat sie regelmäßig Sex mit Männern, im Allgemeinen mit Musikern, im Speziellen mit Blechbläsern, Posaunisten, Trompetern, das hat etwas mit ihrer Arbeit zu tun, sie arbeitet für einen Musikproduzenten, aber ein bisschen muss sich Franziska schon wundern, dass Beatrice mit ihren Reiterhosen und ihren Aknekratern so gut ankommt, es muss am großen Busen liegen und an der schieren Masse günstiger Gelegenheiten, wenn Produktionen fertig werden, wenn Release Partys gefeiert werden, wenn angestoßen wird auf ein gutes Album, an der Bar und im Hotelbett. Als das Gespräch mit Blasmund Babsi zu Ende ist und Franziska wieder zu Beatrice will, steht die mit dem Grauen da, den Kopf leicht geneigt, und sie lacht und nickt und lacht, der Graue hält nun ein Glas Rotwein in der Hand, Franziska sieht auf seine Hände, etwas rührt an ihr, als sie sich mit dem Blick entlangtastet, die kräftigen Unterarme mit den weißen und grauen Haaren darauf, das muss der Wein sein, der sie in Stimmung bringt, sie sieht, wie kompakt sich der Körper unter dem Leinenhemd abzeichnet, sie muss wirklich öfter mit Tom schlafen, wenn sie so selten Sex hat, kommt das Begehren in den unmöglichsten Momenten, fast

muss sie lachen, um die Zwanzig hatte sie eine Schwäche für ältere Männer, nur dass die älteren Männer nur wenig älter waren als sie jetzt, und meist waren es weißgestromte Persönlichkeiten in Spitzenpositionen, Bankdirektoren usw., neugierig stellt sie sich zu Beatrice und dem Grauen, und Beatrice stellt sie als alte Freundin vor, Franziska ärgert sich über diesen Terminus, weder ist sie alt noch die Freundschaft, Franziska hat keine alten Freundinnen, sie hat nur unangenehme Erinnerungen an befangene Momente, in denen Freundschaften am Absterben waren, für nichts mehr Zeit außer für Telefonate mit Kindergeschrei im Hintergrund, bei denen nebenbei Wäsche aufgehängt wurde oder der Geschirrspüler ausgeräumt oder gegessen, sie fragt sich, wie alt er wirklich sein mag, er wendet sich ihr zu, mit nassen, jedoch interessierten Augen, und sie taucht ein in ein Gespräch über Ulay und Marina Abramovic, ein Künstlerpaar, von dem sie schon mal etwas gehört hat, zwölf Jahre haben sie zusammengelebt und sich in einer Performance getrennt, bei der sie jeweils 2000 km auf der Chinesischen Mauer aufeinander zugingen, 90 Tage Fußmarsch, um sich dann ein letztes Mal zu umarmen. Beatrice kennt die beiden, sie erzählt von einer einminütigen Wiederbegegnung zwanzig Jahre danach in New York vor laufender Kamera, bei der man einfach weinen müsse, dieses Video hat auch Franziska auf Facebook gesehen, sie erinnert sich jetzt, dass sie Gänsehaut bekommen hat, sie stehen jetzt alle drei einander gegenüber, ergriffen von der Erinnerung an dieses Video, bis Beatrice ihr endlich Jakob vorstellt, er ist Maler und Bildhauer, als sie weiterreden, ist die Zeit vergessen, und als sie sich über Yoko Ono und John Lennon unterhalten, werden sie vom Geklapper gestört, weil die Veranstalter der Lesung schon ungeduldig die Tische abräumen, sie werden auf die Straße gespült und wissen nicht weiter, der Faden ist gerissen, als sich Beatrice verabschiedet hat, aber sie will, dass es weitergeht, sie

will das warme Gefühl des guten Gesprächs noch ein bisschen länger haben, und in die Stille hinein fragt sie, ob er noch ein Getränk – und er unterbricht: ja, ein Getränk.
Ein aufdringlicher Geruch begleitet sie und Jakob durch die Straßen, irgendwo hat ein Obstbaum seine Früchte fallen lassen, sie reden jetzt nichts, es riecht vergoren und süß, sie bereut es schon, dieses Getränk, das sie sich mit einem kleinen Schweigemarsch erarbeiten muss, sein Gang ist jugendlicher als sein Gesicht, es riecht ein bisschen nach Buttersäure, ist das Jakob oder ein Biokübel irgendwo, Franziskas Nase kann vieles unterscheiden, sie kann einen Staphylokokkeninfekt in Manuels Kindernase von einem Streptokokkeninfekt unterscheiden, sie kennt alle Stadien der Darmgrippe an Geruchsnuancen, sie kann Hunger-Mundgeruch von Karies-Mundgeruch unterscheiden, alles ist Chemie, und Mütter sind Ausscheidungsexpertinnen, der mütterliche Geruchssinn wacht von Anfang an instinktiv über die Nachkommenschaft. Der Geruchssinn ist es auch, der bei der Anpaarung der Zebrafische dafür sorgt, dass sich Männchen und Weibchen miteinander anfreunden, wenn man sie aus dem Tank geholt hat und in das Paarungsaquarium transferiert hat, ein Gitter zwischen ihnen, damit sie sich zuerst über Nacht auf chemischem Wege näherkommen können, bevor am nächsten Tag das Gitter entfernt und das Aquarium geneigt wird, damit sich das Weibchen im Flachwasser zur Paarung überreden lässt, »Sex-on-the-beach-Effekt«, sagten sie im Institut dazu.

Die Bar ist stickig und sie würde gerne draußen sitzen, das geht aber nicht wegen der Schanigarten-Zeiten, und leise beginnen sie wieder über Ulay und Abramovic zu reden, Jakob erzählt, wie sie 16 Stunden an den Haaren zusammengebunden schweigend Rücken an Rücken gesessen sind, und was für eine intensive Art des Zusammenlebens und Zusammenarbei-

tens es gewesen sein muss, und jetzt weiß Franziska, dass sie zu Jakob nach Haus gehen könnte, sollte, er pirscht sich jetzt an, dann war da dieser Kuss, sagt er, dieses Atmen, sie haben die Münder aneinander gepresst und nur den Sauerstoff des anderen geatmet, Franziska hört zu, und dann sind sie nach zwanzig Minuten kollabiert, Franziska lernt Kunstgeschichte, in ihrer Passivität fühlt sie sich auf eine fast fossile Weise feminin, was tut sie denn da, mit schiefem Kopf himmelt sie einen Mittsechziger an, der der interessanteste Mensch ist, den sie seit Jahren getroffen hat, der so viel weiß, sie spielt weiter, irgendwann hat ihr Jakob unbemerkt den Rückweg abgeschnitten, vielleicht hat es etwas mit Ralph zu tun, sein Kinn, der Bart, die zusammengewachsenen Augenbrauen, er raucht jetzt schweigsam, die wenigen Bar-Gäste mustern sie beide, in einer kleinen Stadt haben Blicke lange Stiele und ein langes Gedächtnis.
Ein Blick in Jakobs fast schon leere Geldbörse, als er darauf besteht, die dritte Runde zu bezahlen, sie kann in sein gewiss staubiges Auto steigen, sich nach Hause fahren lassen, sie kann die drei Gläser zu schweren Rotweins abgelten und gleichzeitig etwas zurückholen, das sie mit der Trennung von Ralph gekappt geglaubt hat, es hat mit Vibration zu tun, mit Unvernunft, sie verlassen das Lokal, soll sie sich in sein Atelier fahren lassen, darf sie sich von ihm ausziehen lassen, unschlüssig steht sie an Jakobs Autotür gelehnt und wartet auf eine kleine Geste, da tritt Jakob ganz nahe an sie heran und betrachtet sie mit leicht geneigtem Kopf, bevor er mit den rauen Fingerknöcheln vom Wangenknochen über das Kinn den Hals hinab streicht.

Als sie sich später zum Geruch von Farbe und nassem Kalk auf seinem Junggesellenbett sehr altmodisch ficken und danach ein Glas Rotwein einschenken lässt, wird Franziska denken, dass so in ihrer Elterngeneration gefickt worden sein musste, ein bisschen wie beim Tanzen, mit unbeirrbarer männlicher Führungskompetenz, sie hat ihn die ganze Zeit beobachtet, seine geöffneten Lippen und den leicht vorgeschobenen Unterkiefer, in seinem Gesicht waren die noch unbegrenzten Weiten des Patriarchats zu lesen gewesen, sie hat an gestreckt galoppierende Pferde mit Westernhelden auf dem Rücken denken müssen und an Schwarzweißfilme, in denen Männer Frauen ruckartig zurückbeugen und küssen, einer muss führen, denkt sie, einer muss das Geld verdienen, einer muss die Stöße austeilen und irgendjemand muss sie einstecken, diese Gesetzmäßigkeit fühlte sich gut an, und immer, wenn das schlechte Gewissen aufkam, dachte sie an diese Geste mit den Fingerknöcheln, und der Orgasmus, der sie hinterrücks überrascht, ist von einer ausgestorben geglaubten Qualität, was die kleinlichen Gedanken mit einem Zug aus Franziskas Bewusstsein wischt.

Jakob liegt nach der postkoitalen Zigarette schläfrig auf dem Rücken, sie muss sich nahe an ihn schmiegen, damit ihr Hinterteil nicht über die Bettkante hinausragt, er streicht mit dem Daumen Kreise auf Franziskas Schulter, immer wieder, bis es schon weh tut, Franziska hat eine Strategie gegen das schlechte Gewissen, bevor es sich niederlässt, Jakob hat sie in die Vergangenheit zurückkopuliert und dort ist sie ja noch gar nicht verheiratet und schon gar keine Mutter, und die Art, sexuell so behandelt zu werden, ist von einer verstaubten Qualität, sie hat nichts Partnerschaftliches, sie hat nichts Überraschendes oder Verunsicherndes, und es gibt ein spürbares hierarchisches Gefälle, an dem der Orgasmus sich entladen hat können, sie stellt ein Bein auf und belüftet ihre Vagina, die sich wund anfühlt, aber sauber, weil sie sie auf dem Klo in dem kleinen Waschbecken umständlich gewaschen hat, obwohl er ein Kondom verwendet hat, ganz freiwillig.

Durch das offene Fabriksfenster kommt ein feiner Luftzug,

der kühlt Franziskas Hitzigkeit, man weiß ja schon, dass eine glückliche Ehe ein Kompromiss ist, ein kleiner Paarungs-Tank, in dem Zeit und Platz für die Produktion von Nachkommen ist und die Eier behütet aufgefangen werden, man hat sich dagegen entschieden, verantwortungslos darauf los zu lieben wie in den Tanks im Fischhaus, wo sich die Zebrafische wild paaren und die Eier dann sofort gefressen werden, oder, schlimmer noch, wie in den »Gang-Bang-Tanks«, wo die Fische sich paaren und die Eier durch ein Netz fallen, damit sie nicht gefressen werden. Man muss sich entscheiden, man kann zum Beispiel nicht gleichzeitig seinen Träumen nachgehen und Geld verdienen, man kann auch nicht gleichzeitig ein glückliches Familienleben haben und fremdgehen, aber mit Jakob kann sie jetzt klammheimlich aus dem Anpaarungs-Tank aussteigen und später wieder unter den Deckel schlüpfen, ohne die Idylle zu gefährden, wegen dieser dreißig Jahre Altersunterschied, der Altersunterschied ist wichtig, erstens verzerrt er die Realität des Betruges, zweitens macht er jegliche Hoffnung auf ein Ausbruchsszenario aus den stabilen Verhältnissen zunichte, wer will schon mit einem 64-Jährigen durchbrennen, und drittens schätzt sie auch den Unterschied auf körperlichem Niveau, Jakobs Hautqualität und ihre, die Differenz, möglicherweise war auch Viagra im Spiel, so gesehen macht es ihr gar nichts aus, diesem Mittsechziger ihren deformierten Bauch zu zeigen, denn sie ist immer noch so viel jünger als er, dass ihre Dehnungsstreifen als Jugendsünde, wie ein Tattoo, durchgehen könnten.

Nach drei Jahren, denkt sie, sind die Zebrafische alt und krank, und man muss sie auf Eis werfen, Franziska hatte Mitleid mit ihnen, aber es war auch eine Art Erlösung, wenn man sie so krumm herumschwimmen sah, kaum waren sie auf Eis geworfen, war es in zwei Sekunden vorüber und sie konnten auch noch als Leckerbissen für die Schnappschildkröte den

Kollegen einen letzten Dienst erweisen. Als Jakob aufsteht und noch ein Glas einschenkt, sieht sie ihm nach, im gelben Licht der Studiolampe, die er vorsorglich zur Wand gedreht hat, seine Sehnigkeit und sein Gang lassen ihn von weitem jünger wirken, wie Jakob das alles wohl empfindet, ob ihre Jugend auf ihn genauso wohltuend abfärbt wie sein Alter auf sie, aber sie will ihn nicht fragen, es würde die postkoitale Stille ankratzen, Jakob sucht Zigaretten und findet sie, setzt sich mit übergeschlagenen Beinen an den Bettrand und zündet sie an, er raucht in ihre Richtung, sie kann seinen Blick nicht sehen, Franziska liegt seitlich, Aktmodelle liegen so da, sie könnte das Modell sein und malerische Schatten werfen und er könnte sie studieren, sie überlegt, ob sie an seiner Zigarette ziehen soll, noch so eine Unvernunft, vielleicht ergibt das eine das andere, und ehe sie weiß, was sie tut, hat sie ihre Familie verlassen und braust in Jakobs alter Karre auf und davon, in die Provence, ohne Reisepass und ohne Verabschiedung. Willst du mich einmal malen, fragt sie in den Rauch, er schüttelt den Kopf und sagt, dass er sich an Frauenkörpern wund gemalt hat.

Als sie später auf das Taxi wartet, das sie zurück zur Bar bringt, damit sie ihr Fahrrad holen kann, denkt sie natürlich wieder an Tom, was wäre, wenn sie es ihm sagen würde, was sie nicht tun wird, Tom könnte Jakob doch gar nicht als Konkurrenz empfinden, und später durchschneidet sie mit ihrem Fahrrad die Sommernacht, wartet auf das schlechte Gewissen und beantwortet eine Frage, die sie eigentlich nicht gestellt hat: Doch, das musste sein, ein Vernunft-Unfall, aber machte das nicht das Leben aus, dass man sich selbst immer noch überraschen kann, auch wenn es ein paar Jahre gedauert hat, es war nicht ihr erster Betrug gewesen, aber ihr erster an Tom, die anderen waren weniger dramatisch gewesen, es war nicht so viel auf dem Spiel gestanden, und als sie daheim ihr Fahrrad in das

Gartenhäuschen und den Helm auf die Ablage stellt, hat sie immer noch kein wirklich schlechtes Gewissen, nur ein harmloses Zweifeln, sie freut sich darauf, nach Manuel zu sehen, der in seinem Bettchen auf dem Bauch liegt, er hat die Arme ganz nahe beim Körper, den Kopf gegen das Kopfende des Bettgestells gepresst, eine Rakete, die mit dem Kopf voran ausbrechen will aus einem schwitzigen Bubentraum, und sie wäscht sich sicherheitshalber noch einmal im Schritt und im Gesicht, bevor sie sich zu Tom ins Bett legt.

Und sie werden sich wieder treffen, und wieder. Franziska wird erstaunlich viele kleine Lücken in ihrem Alltag finden, um ihre Affäre stückchenweise darin unterzubringen, die ihr gut tut, weil Jakob sie mit genau der richtigen Dosis Aufmerksamkeit versorgt, genug, um ihrem Leben eine Art Saftigkeit zu geben, aber nicht so viel, dass es zu prall wird, sie will nicht die Schale ihres geregelten Daseins sprengen, die das Kind, die Ehe, den Kredit umgibt: sie hat ihren Alltag gerne eng und spröde, sie ist eine pünktliche, verlässliche Person, und sie hasst das Chaos der anderen, überquellende Handtaschen, Unpünktlichkeit, marmeladebekleckerte Kinder und zugeramschte Wohnungen, Job- und Wohnungs- und Partnerwechsel, nein, Franziska wird es gelingen, auch eine Affäre ordentlich zu erledigen, sie nutzt die Kinderbetreuungzeiten oder täuscht lange Läufe vor, Kosmetikbesuche, Heilmassagen, Behördenwege, Tom wird nicht den geringsten Verdacht schöpfen, weil Franziska genauso verschwitzt, müde, glücklich, verschwollen und genervt heimkommen wird wie immer. Was sie befürchtet hat, nämlich, dass ihre Liebe zu Tom durch den Abstand, den Jakob zwischen ihnen herstellt, sich verändern würde, tritt nicht ein, wenn sie die Stiegen ins Atelier hinaufgeht, spürt sie sich mit großem Schritt über die Ränder ihrer täglichen Routine steigen, spürt sie, wie die Zeit sich verlangsamt und die Farben verblassen, denn bei Jakob wird wenig geredet, manchmal trinken sie einfach nur Kaffee und fläzen in Unterwäsche auf der senffarbenen Cordcouch. Er hat sein Prachtkleid schon nach der ersten Nacht abgelegt, er ist jetzt gar nicht mehr unterhaltsam, sondern einfach nur er selbst, wenn er Sätze sagt wie: Zieh dich aus und leg dich schon mal hin, ich bin gleich da, oder: Ich will dich nackt wissen, wenn ich vom Klo zurück bin. Franziska faltet dann ihre Kleidung zusammen und legt sie über die Stuhllehne, bevor sie sich in Jakobs Bett legt, das immer ungemacht ist, aber einladend wie ein Hundekorb, in dem sie wartet, bis Jakob sich von seinem Bild löst oder von einer seiner Skulpturen ablässt, es macht sie nicht stutzig, dass er sie warten lässt, das Versunkensein in seine Arbeit gehört dazu, knappe Stunden mit gut akzentuiertem Licht, als wären die Begegnungen mit ihm kunstvolle, düstere Fotografien.

6

Elisabeth

GARTENFEST
ZU KURTS PENSIONIERUNG

AM 24.8.2013 AB 15:00
BEETHOVENWEG 24
KAISERBAD

UAWG BIS SPÄTESTENS 1.8.

Darf man das, an seinem Mann riechen?
Kurt liegt auf dem Rücken, er schnarcht eine Art Dreiklang, es klingt ungesund, nach schlaffem Gaumensegel und Sauerstoffunterversorgung. Ich beuge mich ganz nah über ihn. Aus dem dunklen Mundspalt kommt eine tröstliche Wärme, eine Ahnung von Rauch und Bier, und das Gefühl, ihn bestohlen zu haben. Ich stehe auf, trete ans Fenster. Unter meinen Brüsten, im Haar meines Nackens Schweiß. Etwas Fauliges liegt in der Luft, ein Hauch von Meer, das zu weit weg ist oder schon zu lange fort.
Der Rundgang im Morgenmantel, um das Haus herum. Es ist alles kontrolliert und vorbereitet. Das Obergeschoß, die Fenster und die Bäder. Die Beschilderung zu den Bädern. Die Tischchen und die Stühle in kleinen Gruppen. Die Lampions und die Lichtergirlanden. Hinten am Schneeballstrauch hängen noch drei Meisenknödel vom Winter, wie konnte ich die

übersehen haben. Zwei sind voll, von einem fehlt nicht einmal die Hälfte. Sogar die Vögel sind zu satt in dieser Gegend. Ich beuge mich über das Gebüsch und entferne die Knödel. Warum macht mich das wütend? Wenigstens die Würmer und die Mäuse im Biokompost sollen etwas davon haben. Am Rückweg sehe ich eine schüttere Stelle in der Buchsbaumhecke und bücke mich zu ihr hinunter. Ein brauner Krater in der grünen Kugel, durchzogen von weißen Spinnfäden. Mehrere dicke grünschwarz gemusterte Raupen darin verteilt, ihre Mandibeln emsig in Bewegung. Wozu haben wir einen Gärtner? Ich laufe zwischen den Büschen hin und her. Buchsbaumzünsler. Das Wort ist schon oft gefallen. Sein unheilvoller, spitz auslaufender Klang. Sogar auf der Sonnenterrasse haben sie darüber geredet, die anderen Frauen. Der Gedanke, alle könnten befallen sein. Vereinzelt sind die Büsche schon angenagt. Buchsbaumzünslerbefall in der Buchsbaummonokultur unseres Gartens. Eine Wut überfällt mich, eine Verzweiflung, mit allem alleine gelassen zu werden, dazwischen der rätselhafte Ehrgeiz, das Problem heute noch vor dem Eintreffen der ersten Gäste zu lösen.

Unruhig inspiziert Kurt die Löcher, die die Buchsbaumzünsler gefressen haben, noch vor dem Frühstück. Wie er in der Küche erscheint, den Mund voller Ankündigungen, was alles vor ihm liegt. Ob ich ihm etwas abnehmen könne. Gift solle ich kaufen, wenn ich in den Baumarkt käme. Dringend! Er setzt sich mit Schwung in den Sessel, als hätte er sich das Frühstück mit seiner kleinen Garteninspektion redlich verdient. Das Telefon wandert aus der Brusttasche des Pyjamas neben die Kaffeetasse.

Du hast dich doch nie für den Garten interessiert, sage ich.

Buchsbäume sind nicht Garten. Sein Rühren im Kaffee fast zornig.

Wozu habe ich einen Gärtner, wenn ich alles selber machen muss?

Es ist er, der den Gärtner hat. Er hat auch die Villa mitsamt allen ihren Scherereien geerbt und er hat sich damals den Kredit aufgenommen, um die Renovierungsarbeiten zu finanzieren. Ich sehe ihm zu, wie er die Margarine dünn auf dem Vollkornbrot verteilt. Und er war es auch, der den Kredit zurückgezahlt hat. Nie wir. Manchmal sind es auch seine Kinder. Jetzt ist alles gesagt und er zieht die Zeitung zu sich. Ich wollte ihn fragen, wann wir heuer Urlaub machen. Ob wir wieder im Oktober auf die Sporaden fahren können, so wie damals, als wir die Kinder zum ersten Mal eine Woche alleine gelassen haben. Eine feine Kühle lag dort zwischen der Sonne und uns, die Strände ausgestorben, egal, welche Seite der Insel wir mit unserem gemieteten Roller ansteuerten, meine Arme über seinem Nabel verschränkt und die Wange an das Leinen seiner Jacke gelegt. Eine unversehrte Woche, intakte Stille, das Meer, das aussieht, als könne man es an einer Ecke aufheben und zurückschlagen. Zuerst immer der Sportteil und nebenbei das Handy, falls jemand anruft. Ich sehe ihm zu, wie er die Zeitung abrupt weglegt und Süßstoff in den Kaffee rührt. Nach zwei Wochen Pension eine Routine von der Wucht eines Jahrhunderts.

Ich suche das Gift im Baumarkt. Im Gang bei den Chlortabletten und den Planschbecken ein junges Paar, sie zu speckig für ihr Alter, er mit pickeligem Nacken. Leise beraten sie einander, mit einer Diskussionskultur, die man der Generation gar nicht zutraut. Erst jetzt sehe ich dort im Einkaufswagen, eingeschlichtet zwischen den ersten Herbstastern und Gelsenlichtern in buntem Glas, den winzigen Säugling in seinem Maxi Cosy. Der Bub schläft, das Köpfchen zur Seite geknickt, der Schnuller halb aus dem kleinen, runden Mund gespuckt. Das gehört alles in den Geschenkkorb des jungen Familienlebens, Kinder in ihren Sitzchen, und die lauen Abende draußen, die fragmentierten Nächte. Schlafen und Essen und Wickeln und

Baden, kleine Zyklen, die aneinander vorbei gleiten, als würden sie jongliert werden. Nie ist man mehr im Jetzt als mit einem Säugling. Eine Sehnsucht, die über all die Jahre nicht kleiner geworden ist. Ich bleibe stehen und nehme etwas in die Hand, eine Schwimmnudel, ich drücke meine Finger fest in das Styropor. Beiläufig, aber behutsam, versucht der Vater, den Schnuller ganz aus dem Mund zu ziehen. Ein Ruck geht durch das Kind, schnell saugt es den Schnuller wieder in den Mund. Der Vater lacht leise, in seinem Gesicht ein erschrockenes Glück. Wie gut es diese Frauen heute haben, mit all der Nähe und dieser modernen Zuständigkeit der Väter.
Das Gift ist gleich um die Ecke. Buchsbaumzünsler wird man nicht beim ersten Mal los, hat Kurt gesagt, kauf gleich mehr Gift. Er hat Freude an dem kleinen, handzahmen Krieg, endlich ein würdiger Gegner in unmittelbarer Nähe, mit unbegrenztem Nachschub. Ich nehme die Flasche aus dem Regal, die im Angebot ist: Calypso heißt das Gift. Mehr Schädlinge, als ich mir vorstellen kann. Und was für liebenswerte Namen sie haben. Dickmaulrüssler, Wollläuse, Schneeballkäfer, Trauermückenlarven, Lilienhähnchen. Ein Kindermusical, bei dem Schauspieler in monströs gepolsterten Kostümen über die Bühne stolpern, ihre Mundwerkzeuge drollig im Takt zu den gefälligen Kindermelodien baumelnd. Da steht ja auch der Buchsbaumzünsler. Wie sich die Chemiker und Biologen das ausgedacht haben, dass man gleich ganze Gruppen mit einem Streich ausrotten kann. Alle müssen heute mitsterben in unserem Garten. Werden die Vögel an den vergifteten Larven und Würmchen ersticken, oder werden sie sich einen anderen Garten suchen? Ich nehme vier Flaschen.
In der Haustierabteilung bleibt der Wagen ganz von alleine stehen. Die Hälfte der Regalwand nur für Hundespielzeug. Seile, Knochen, Stachelkugeln aus Gummi, quietschende Wurstsemmeln. So viele verschiedene Futterarten, sogar rassenspezifisch

wird gefüttert. Ich streiche über die Packungen. So einen Jack Russel hätte ich gerne gehabt, als ich klein war. Heute müsste es einer mit weichem Fell sein, ein richtig großer, der die Katzen vom Grundstück verjagen kann, der sich am Abend zu meinen Füßen legt, und ich kann mich zu ihm hinabbeugen und mit seinen Ohren spielen. Es müssten unbedingt Schlappohren sein. Und es müsste ein Hund sein, der gerne im Fluss badet. Von einem schattigen Stein aus könnte ich ihm dabei zusehen, wie glücklich ich ihn machen kann, und wenn es sehr heiß wäre, könnte ich die Füße im Fluss kühlen und nebenbei meinen Venen ein bisschen Training abringen. Wenn er stirbt, könnte ich schnell einen neuen haben. Andere Mütter hatten Kinder, die Hunde wollten, eindringlich genug, um die ganze Familie über den Tisch zu ziehen. Elias hat nach allem verlangt, was mit Bällen zu tun hatte, später musste es einfach nur elektronisch sein; und Franziska, für die ein Hund ganz nett gewesen wäre, aber jemand musste ja die Wale lieben und sie vor den Fangflotten der Japaner bewahren.
Später, als die Büsche tropfnass sind und sich ein milchiger Geruch in unserem Garten breitgemacht hat, umarmt mich Kurt so zufrieden wie schon lange nicht mehr.

Die meisten werden zu spät kommen, also werde ich auch zu spät kommen, obwohl ich bereits fertig angezogen und geschminkt bin. Wie sieht denn das aus, wenn ich im Garten herumstehe, außerdem muss ich noch nach Cornelia sehen. Man darf den Pflegerinnen aus dem Osten nicht gänzlich vertrauen, das Sterben gehört zu ihrem Job dazu, zumindest das langsame. Jeder tote Klient ist nur ein Jobwechsel für sie, wenn wir sie nicht vorher auswechseln, was wir tun, obwohl es schwierig wird wegen der Namen, da sind wir wieder für den Kosenamen »Todesengel« dankbar.
Vielleicht könnte ich später mit ihr gemeinsam auftreten, wie

eine Heilige in Missoni, die schwiegermütterliche Bürde im Rollstuhl vor mir herschiebend, obwohl, man muss es ja nicht übertreiben. Ich sage mir, dass das Wetter ein Glück ist und die Tatsache, dass Cornelia einen guten Tag hat. Manchmal stelle ich mir ihre Demenz wie eine gläserne Raumkapsel vor, in die sie sich flüchtet und in der sie über dem Haus, über der Stadt schwebt und kleine Juwelen ihrer Vergangenheit pflücken kann; und manchmal kollidiert sie mit dunklen Erinnerungen und irrealen Auswüchsen, dann schwankt die Kapsel und Cornelia in ihr. An seltenen Tagen landet die Kapsel und Cornelia kommt zum Vorschein.

Es ist wichtig, sie nicht zu überfordern, denn Demenzkranke können reizüberflutet werden, die Chemie im Gehirn kommt durcheinander. Andererseits können Demenzkranke auch unterfordert werden, und wenn die Demenzkranke früher Freude an Festen hatte, hat der Arzt gesagt, kann sie sie vielleicht auch heute haben, das ist eine einmalige Gelegenheit, die Demenz-Welt und die Realität miteinander in Beziehung zu bringen. Natürlich weiß man nie, was passiert, wenn die Türen der Welten zueinander offen stehen, ob das jetzt gut ist oder ob man das gar nicht wissen will, aber wir wissen schon lange nicht mehr, was richtig ist, und wenn wir ehrlich sind, galt das auch schon vor der Demenz. Kurt sagt, wir probieren es, und wenn Kurt das sagt, können wir die Verantwortung später auf ihn abschieben.
Der Todesengel hat Cornelia in ein hellgraues Kostüm gekleidet und versucht seit Tagen, sie auf die Feier vorzubereiten. Ich nicke ihr zu und übernehme die Fütterung, damit sich der Todesengel auch ein bisschen schön machen kann. Cornelia hat den Kopf zum Fenster gedreht, als würde sie das Licht genießen, oder den feinen Luftzug, aber das kann täuschen, die Mimik ist verschoben. Gesichter kommen und gehen, wir

versuchen dazu zu assoziieren: Glücklich – hungrig – ängstlich – muss hydriert werden. Manches kommt von den Tabletten, die pünktlich verabreicht werden müssen, denn wenn man das nicht tut, bekommt man eine Art Strafmandat, Herzrasen oder Infekte oder Nachtwache, alles fällt auf einen selbst zurück.
Es gibt etwas Bananenjoghurt, Cornelia öffnet brav den Mund, während ich auf sie einrede und aufpasse, dass nichts auf das Kostüm oder die Bluse kleckert, oder gar auf mich. Wie sie manchmal angstvoll die Wand anstarrt. Manches kommt vielleicht doch nicht von den Tabletten. Natürlich wäre es einfacher, wenn Cornelia ein bisschen mehr von ihrer Gefühlswelt offenbart hätte, als noch alles in Ordnung war. Unvorstellbar, eine weinende Cornelia oder eine herzlich lachende. Vielleicht hatte sie einfach nicht diese Mimikmuskeln. Die Strenge war ein Teil von ihr, und so verletzend es war, von ihr abgelehnt zu werden, man war in guter Gesellschaft, denn sie behandelte alle mit derselben gefühlsarmen Korrektheit. Mich, zu Lebzeiten den Ehemann, Kurt, die Enkelkinder. Richtig böse war ich ihr nie, schon gar nicht jetzt, seit die Vergesslichkeit sie fest in Händen hat und sie niemanden mehr erkennt, außer überraschenderweise hie und da mich. Als hätte die lebenslange Verachtung für mich eine Schneise in ihr Gedächtnis geschlagen. Vielleicht gibt es eine Art Verwandtschaft zwischen mir und diesem Alois, nach dem sie von Zeit zu Zeit verlangt, sehr überzeugend, die Lippen zu einem runzligen Schlauch gespitzt, ein Lockruf, Alois, Alois!, und niemandem ist ein Alois bekannt. Der Verdacht liegt nahe, dass es sich um eine verjährte Liebschaft handelt, die geheim gehalten wurde, aber intensiv genug war, um jetzt aus dem Dickicht von Cornelias Unterbewusstsein auszutreiben.
Eine Serviette beschützt die rosa Bluse, die viel zu weit ist, der Todesengel hat zwar versucht, sie unter der Kostümjacke zu schoppen, aber der Stoff kriecht wieder an seinen Platz zurück,

wirft Falten und Erinnerungen an einen anderen, lebendigeren Körper.
Fünfundvierzig Leute haben sich angesagt, plappere ich laut vor mich hin, Franziska und Elias werden auch kommen, und es gibt Schinkenkipferl und Kaviarbrötchen und eine geeiste Gurkenbowle und später ein deftiges Wildgulasch, bestimmt haben die Kollegen etwas vorbereitet, eine Darbietung, vielleicht bekommen wir heute noch ein Lied zu hören. Ich höre auf zu reden und gebe den Worten Zeit. Ich stelle mir vor, wie sie durch ihre Ohren und den Kopf hinabrieseln, in ein Gefäß in Cornelias Bauch, so etwas wie ein Cookie-Glas oder ein Schmalztopf aus Email mit Deckel. Wie sich Cornelias verzwergte Aufmerksamkeit später dort bedienen wird, ein heimliches Naschen, das hat etwas Tröstliches. Man darf nicht zu viel Mitleid haben mit den Alten, denke ich mir, oder mit den hungernden Kindern oder den gequälten Tieren, man muss das Leid um sich herumleiten, es hinter sich abfließen lassen, man hat dem so wenig entgegenzusetzen. Cornelia öffnet den Mund nur noch ein wenig, sie sieht aus, als wäre sie satt. Ich wische ihren Mund mit der Serviette sauber und spähe aus dem Fenster.
Gustav ist soeben erschienen, sieh mal, er ist alleine gekommen, sage ich laut, ich weiß nicht, ob ich das persönlich nehmen darf, oder hat seine Neue einfach keine Zeit? Er trägt ein lilafarbenes Hemd unter dem Sakko, ich rede weiter, ich wette, es ist ein Kurzarmhemd, er sieht aus, als wäre er am Meer gewesen, segeln vielleicht, füge ich hinzu, segeln mit wem, frage ich mich, das Verbrannte steht ihm gut, Männern macht das nichts, die Sonne stellt ihre Gesichter scharf, Frauen hingegen sehen immer so vertrocknet aus am Ende des Sommers, und später werde ich seine Unterarme mit den hellblonden Haaren und den Sommersprossen darauf zu sehen bekommen. Ich stehe auf und klaube eine kleine, cremefarbene Feder von

Cornelias Revers, beim Hinausgehen drehe ich mich noch einmal um, sehe Gustav, der der Kellnerin, die ich engagiert habe, in ihr unangemessen tiefes Dekolleté fällt und ein Glas Rosé Frizzante von ihrem Tablett nimmt, wahrscheinlich, um sie noch ein paar Sekunden in ein Gespräch verwickeln zu können, denn normalerweise ist Gustav ein Bier-Mensch und kein Sekt-Mensch.

Ich rufe nach dem Todesengel und ziehe mich in mein Schlafzimmer zurück. Im grünlichen Schatten des Zimmers scheint alles in Ordnung mit dem Kleid und der Frisur und den Proportionen. Warum will ich nicht hinaus zu den Gästen. Die Frau im Spiegel tastet nach dem Altsein im Gesicht, vorsichtig, unter dem Puder. Ein Glas Wein würde die Stimmung heben, hoch genug, damit sie über die Abgrenzung auf die andere, lichtdurchflutete Seite in meinem Kopf gelangen könnte. Manchmal braucht es nur einen kleinen Schubser. Eine mächtige Müdigkeit in meinen Augen. Es ist eine Frage des Abstandes. Je näher ich zum Spiegel trete, desto löchriger wird der Trost, der vom Kleid ausgeht, desto größer wird der Wunsch nach einem traumlosen, stundenlangen Schlaf. Draußen werden es immer mehr Gäste, ich sehe sie am Fenster vorbeigehen, ihre Schemen tragen Gläser durch den Garten und inspizieren das Anwesen. Ich stelle mich so hin, dass man mich nicht sehen kann, und konzentriere mich darauf, dass Kurt das alles gut finden wird. Er wird den Hunger, den er vielleicht einmal haben könnte, heute stillen wollen. Er wird sich die Bewunderung wie kleine Häppchen in den Mund schieben lassen, die Anerkennung für seine beruflichen Leistungen, er wird dankend ablehnen, aber doch brav den Mund aufmachen, er wird vorne Bescheidenheit vortäuschen und nach hinten die Hand aufhalten und sich die Taschen vollstopfen mit all dem Lob für die Unentbehrlichkeit seiner Kompetenz und für das schöne Haus mit seinen frisch lackierten Kastenfenstern und den wohlgeratenen Buchsbäumen in den Steintrögen und für die klugen Kinder, die akademische Laufbahnen eingeschlagen haben. All die Bewunderung gegen das Gespenst des Alterns und Sterbens. Ich setze mich auf den Bettrand und stelle mir vor, wie die Müdigkeit über mich hinwegrollt, wie ich unter ihr durchtauchen kann und mich diesem Tag stellen. Wenn der letzte Gast weg ist und die neue Woche beginnt, wird Kurt sich der Wahrheit stellen müssen, nämlich dass er dem Altern gegenüber nackt ist und unbehütet dagegen antreten muss, kein Erfolg beschützt ihn nun und nichts hilft dagegen, dass der Tag lang ist und man ihm ohne Berufstätigkeit und ohne Kinder sehr wenig Erfolg abtrotzen kann. Das bisschen Schadenfreude erfrischt mich.

Als ich nach draußen gehe, ist niemand erleichtert, mich endlich zu sehen, ich wurde gar nicht vermisst, obwohl sie zu mir sagen, da bist du ja endlich. Sie dachten wohl, ich sei mit Organisieren beschäftigt, dabei organisiert das Fest sich von selbst, die Cateringfirma hat alles im Griff und die großbusige Kellnerin hat wenig Zeit, die Männerblicke an ihrem Fleisch weiden zu lassen. Die Frauen sind erstaunlich elegant gekleidet, die meisten sehen gut aus, ein paar sind beim Altern auf der Überholspur, vor allem die dünnen. Seit ich diesen Sommer auf der Terrasse des Sonnenbades so viele nackte Frauen sehe, hat sich mein Bild verschoben, ich weiß jetzt, wie die Frauen unter den Kleidern aussehen. Ich habe sie alle gesehen, ich schiebe die Falten und die Speckrollen von einer Seite zur anderen. Ein gutes Drittel der Frauen ist gut in Form gehungert, bei einem weiteren Drittel halten hungern und essen einander die Waage, und das letzte Drittel hat sich ohne Widerstand aus der Form gefressen. Ob die Dicken nicht glücklicher sind? Ich sehe mir Kurts Sekretärin an, die ein weißrosa geblümtes Kleid trägt und sich ein Lachshäppchen in den Mund schiebt, sie geht behutsam vor, so wie Möbelpacker Glasscheiben in einen Lastwagen manövrieren, ihr Mann hält sie in der verschwindenden Taille fest umschlossen, schnell gehe ich weiter, auf der Suche nach Gustav. Ob dieses Dünnseinwollen wirklich von der Bekleidungsindustrie gesteuert ist? Kommt es nicht eher vom Zu-wenig-angefasst-Werden? Vielleicht ist das ein Teufelskreis, ihre Männer fassen sie nicht mehr an, weil sie so ziegenartig sind, und also werden sie eben noch dünner. Uns haben sie noch erzählt, dass Männer gerne etwas zum Anfassen hätten. Wer hat uns das erzählt? Die Absätze meiner Sandaletten bohren sich in die Erde, während ich eine Ehefrau von Kurts Arbeitskollegen begrüße, erst die Komplimente, dann die Frage nach den Kindern, dann die Urlaubspläne, und immer weiter, wir Frauen umarmen uns, weil unsere Männer gleichen Ranges sind. Eine Irritation, als mich eine fester drückt, mitfühlender, und was sagt sie da? Mein Beileid, sagt sie? Eine Frechheit, aber ich lächle. Warte nur, denke ich. Wie mager sich ihre Schultern anfühlen, unvorstellbar, sich an diesen Körper pressen zu wollen. Ich blicke über sie hinweg. Immer mehr Leute kommen und verteilen sich im Garten, zwischen den ölig glänzenden Buchsbäumen, die Männer brav in Anzug und Krawatte, ich werde Kurt darauf hinweisen, dass er die Sakkopflicht aufheben soll, es ist zu heiß. Kurt begrüßt und nickt und verströmt Wohlbehagen, ich verlagere das Gewicht nach vorne, um die Absätze wieder aus der Erde zu ziehen, und gehe weiter. Da ist ja Gustav. Er passt gut in unseren Garten, unter den weißen Schirm vor dem rot blühenden Oleander, er wippt ein bisschen auf den Schuhsohlen. Das Gespräch mit dem Kollegen ist ihm unangenehm, bestimmt kann ich ihn retten. Als er mich sieht, hört er zu wippen auf, und als ich zwei Meter entfernt bin, beginnt er schon die Arme auszubreiten. Ich spüre, wie sich die Härchen auf meinem Bauch und meinen Brüsten leicht aufstellen. Er fühlt sich weicher an, als ich ihn in Erinnerung habe. Und er riecht anders. Mir ist fast, als würden wir die tote Edith zwischen unseren Oberkörpern einquetschen. Ich habe vergessen, wie sehr Edith uns beiden anhaftet. Wir lösen die Umarmung und Gustav stellt mich etwas verlegen seinem Gesprächspartner vor. Der macht einen kleinen Diener und erklärt mir umständlich, wie er und Kurt beruflich zueinander stehen, aus dem Augenwinkel sehe ich, wie Gustav mich taxiert, und mein Kopf nickt, bis der andere Mann endlich mit seinen Erläuterungen fertig ist. Beim Eingangstor stehen Franziska und Elias. Sie sind gerade gekommen, ihre Partner im Anhang. Hochgewachsen und unwillig sehen sie aus, schon lange sahen sie einander nicht so ähnlich. Diese Ernsthaftigkeit und Blässe in Franziskas Gesicht, wie sie nur Menschen haben, die das Gesicht nie in die Sonne halten, weil sie es profan finden oder einem Kleinkind hinterherlaufen müssen. Elias mit seinen fleckigen Bubenwangen, die ihm auch das Leben als Steuerberater nicht genommen hat. Wann das Erwachsensein sich auch in seinem Gesicht auswirken wird? Und da kommt auch schon der Todesengel mit Cornelia, die sehr aufrecht in ihrem Rollstuhl sitzt, zu aufrecht, ich steuere auf sie zu, als sich mir eine junge Frau im dunkelblauen Hosenanzug in den Weg stellt, guten Tag, stellt sie sich vor, sie sieht aus wie diese sozialdemokratische Nachwuchspolitikerin, die den Mund voller Floskeln hat und nie ist eine Antwort dabei, das wird Kurts Nachfolgerin sein, so eine Winkeladvokatin, wie sie die Universitäten jetzt ausspucken, ob die mit Kurt, nein, nicht mit so einer, über ihre Schulter werfe ich einen Blick auf den Eingangsbereich, Cornelia spitzt jetzt gerade die Lippen und ich höre schon, wie sie anfängt, nach Alois zu rufen, der Todesengel bedient sich gerade beim Sekt, und nun dreht sich auch die Winkeladvokatin verstört um, alle Köpfe beginnen sich zu drehen, ich gehe über den Rasen zum Eingangsbereich, schnell geht das nicht mit den versinkenden Absätzen, die Rufe werden insistierender, verzweifelt, warum ist der Todesengel nicht schon längst bei ihr, mit ihr auf dem Weg ins Haus, je lauter es wird, desto klarer wird es und weniger krächzend, und nun stemmt Cornelia sich aus dem Rollstuhl, das kann sie doch gar nicht, doch, sie kann es, und da steht sie nun wackelig und der Todesengel hilflos hinter ihr, und im »Alois« klingt inzwischen der Befehlston durch, ich bin jetzt da und beuge mich über sie und versuche, sie zu umarmen und dabei vorsichtig in den Stuhl zu drücken, ihr Körper, ihre Knochen ein Sack Äste, spröde und unnachgiebig, was ist denn, Cornelia, ich brauche nicht fest gegen den Widerstand anzudrücken, es sind Zweige, keine Äste. Schon sitzt sie wieder, ich versuche, in ihrem Gesicht zu lesen, sie flüstert Unverständliches und sieht mich ängstlich an. Ich spüre wieder die Blicke im Rücken und nicke dem Todesengel zu, gehe hinter ihr und dem Rollstuhl ins Haus, das war die Darbietung, denke ich, gesungen wird wohl nicht mehr, aber während der Todesengel und ich in stillem Einverständnis die Urinspuren vom Rollstuhl beseitigen, Cornelia entkleiden und in einen Schlafrock stecken, das Kostüm in die Wäsche geben, Cornelia Wasser einflößen, sehe ich durch das Fenster, dass die Gesichter sich wieder einander zugewendet haben, dass die Gurkenbowle aufgetragen wird und die Kaviarbrötchen. Ich sehe, wie Kurt der Winkeladvokatin lächelnd ein Blütenblatt aus den Haaren zupft, wie Franziska und Elias miteinander tuscheln, und der Todesengel verabreicht Cornelia ihre Abendtabletten früher als sonst, sie nickt mir zu und winkt mich aus dem Raum, und ich tue so, als würde ich zurück zum Fest gehen, aber stattdessen werde ich langsamer, verstecke mich hinter der Flügeltüre und sehe meinen Gästen beim Feiern zu.

7

Franziska

WIR TRAUEN UNS

12. Oktober 2013
in der St. Blasius Kirche Eitelbrunn
15:00
anschließend Agape vor der Kirche

Wir freuen uns, dass Ihr mit uns diesen Tag feiern wollt!
Beatrice und Erich

PS: Über Geschenke denkt Ihr nach? Die Reisekasse liegt noch brach…

Das Sexuelle ist nicht meine Stärke, denkt sie, als sie in die Küche geht, um sich einen Tee zu machen, war es nie, sie würde nicht so weit gehen, zu behaupten, es mache ihr etwas aus, sie weiß ja, dass es da ist, da wäre, alle paar Monate passiert eine sexuelle Ausnahmesituation, ein Leckerbissen, der sie daran erinnert, wie es sein könnte, wie es gewesen ist, mit Ralph etwa, mit Ralph war es einfach, wenn etwas stattgefunden hatte, das war wohl das Geheimnis, dass so gut wie nie etwas stattgefunden hatte, das machte die Sexualität mit ihm so begehrenswert, da ging dann alles von alleine, und: nein, sie sehnt sich nicht zurück. Wenn es ihre Stärke wäre, würde ihr Körper es vehementer einfordern, ein bis zwei Mal im Jahr ergibt sich eine Situation, in der Franziska kurz dieses vulgäre Verlangen spürt, sich sexuell zu entladen, über alle Poren, mit der Wucht einer Bauchgrippe, aber meistens ist es ein laues Ziehen oder, wie heute, ein günstiger Fortpflanzungstermin, Tom schläft immer gut, aber nach dem Sex schläft er noch besser, Franziska natürlich nicht, sie ist hellwach, welcher Tee soll es denn werden, Abendstimmung-Tee, Gute-Laune-Tee, sie nimmt den Fastenfreude-Tee.

An Jakob will sie gar nicht mehr denken, aber natürlich kommen immer die Erinnerungen an die Momente mit ihm, was zurückbleibt, ist Peinlichkeit, wie oft sie zu ihm gegangen ist, auf elf Mal kommt sie insgesamt, sie hat sich gewundert, dass sein sexuelles Interesse so schnell nachließ, sie hat es auf sein Alter geschoben und sich etwas einfallen lassen, wie sie originell sein wollte und ihn an diesem letzten Nachmittag überraschen wollte, und wie es ihr auch gelungen ist, sie hat sich die Bluse schon vor der Türe aufgeknöpft und ihre Schuhe ausgezogen, er schien überrumpelt, sie hat die Hose halb über die Hüften gezogen gehabt, Jakob ist ein bisschen verloren auf seinem Drehsessel mitten im Raum gesessen, er hat nicht gemalt, er hat nicht gelesen, erst dann hat sie um die Ecke geschaut, da war diese Frau auf der senffarbenen Couch, mit dieser riesigen, rostroten Tolle und dem braunen Rock, den sie nach oben geschoben hatte, die Frau trug eine hochgeschlossene weiße Bluse, das passte nicht zu den weit gespreizten Beinen mit den Plateaustiefeln daran, sie trug keine Unterhose, und sie machte überhaupt keine Anstalten, sich zu bedecken, im Gegenteil, sie lächelte Franziska mit dem rotem Mund an, spreizte die Beine ein bisschen weiter und schob das Becken eine Spur nach vorne, wie man das so macht, wenn der Gynäkologe einen darum bittet, sie sah das Bild vor sich, die staubigen Butzenglasscheiben hinter der Frau, die fleckige Cordcouch mit den glattgewetzten Stellen, es war eine akribisch arrangierte Sexualkomposition, im Zentrum das gut durchblutete Geschlecht aufgeblättert wie eine Pfingstrose, das dunkle Altrosa schlug sich mit den Braun- und Gelbtönen der Umgebung, sie hat Jakob ratlos angesehen, sie wartete darauf, dass diese Frau zu lachen begann, vulgär und schadenfroh, oder dass Jakob etwas sagte, aber nicht einmal das, dachte sie, bin ich wert, sie hat schnell ihre Hose hochgezogen und ihre Schuhe genommen, sie spürt Schamesröte aufsteigen, jetzt noch, Monate danach, sie denkt daran, wie sie sich mit Jakob abgerackert hat, hier, mitten in der Nacht, in ihrer Bulthaup Küche schämt sie sich für ihr geduldiges orales Engagement bis zur Kiefersperre, es war so viel Vorhaut gewesen und meistens nichts dahinter, nichts darunter, in Bayern ist es salonfähig, die Weißwürste auszuzutzeln, ihre Schwägerin hat ihr das einmal vorgemacht, unter großem Gelächter am speckigen Ecktisch unter dem Jesus in seinem Winkel in Tirol, es war ihre Leichtgläubigkeit gewesen zu glauben, sie wäre Abenteuer genug, ihn mehr als ein, zwei Mal zu erregen, dabei war sie durchsichtig und langweilig, sie war nicht einmal eine Abwechslung, sondern ein sexuelles Hintergrundgeräusch, sie war naiv und harmlos, deswegen hatte sie zur Strafe diese Wursthaut saugen und lecken müssen und ihm dabei den Finger in den Hintern gesteckt, ohne Aussicht auf Erfolg, ihr wäre lieber gewesen, er hätte sie von sich gestoßen, aus seinem Atelier geschmissen und sie angeschrien, dass sie eine bürgerliche Schlampe sei, dass sie zu ihrem Ehemann gehen und sich von dem ficken lassen solle, als dass er sie später anrief, aber sie ist natürlich nicht ans Telefon gegangen. Mit offener Bluse ist sie die Treppe hinuntergelaufen, sie fühlte sich wie ein Missbrauchsopfer und eine Missbrauchstäterin zugleich, im Auto stopfte sie sich einen Kaugummi in den Mund, sie zerbiss ihn in Rage, sie wusste gar nicht, was sie zuerst fühlen sollte, Empörung, Scham und Fassungslosigkeit überlagerten einander, und sie stellte sich vor, auf Jakob einzuprügeln, mit einem Gegenstand, einer seiner blöden arschbackigen Specksteinstatuen, sie stellte sich vor, wie sie auf Jakob hintreten würde, wenn er auch schon am Boden läge, vor dieser schrecklichen Frau, der das Lächeln vergehen würde, das beruhigte sie, als könne sich die Wut selbst verkochen, und sie verkrallte die Fingernägel der rechten Hand ganz tief im Handballen der linken, bis sie es fast nicht mehr aushielt, wenn sie ein Messer gehabt hätte, hätte sie sich hineingeschnitten, probeweise, irgendwohin.

Sie ging jetzt schon eine Weile nicht zu Lesungen und Vernissagen in Kaiserbad, wenn sie Jakob nicht sieht, muss sie nicht an ihn denken, sie darf ihm einfach nicht begegnen, aber das trifft sich gut, denn Beatrice ist nicht mehr so kulturbegeistert, seit sie mit den Hochzeitsvorbereitungen beschäftigt ist, und Franziska fragt sich, ob sie nicht nur eine Lückenbüßerin gewesen ist an einsamen, traurigen Fernsehabenden.
Wenn sie nicht schlafen kann, kann sie genauso gut am Geldgeschenk für Beatrice und Erich basteln, sie hätten alles doppelt, dieser Erich und sie, der Posaunist mit den zu langen Armen und zwei großgewachsenen Töchtern, die er in die Ehe mitbringt, sie stellt sich vor, wie jung die Erregung noch ist, wie sie einander sehnsüchtig betatschen und begehren, wie sie sich durch das Mobiliar in ihrer Wohnung vögeln, nach einem halben Jahr ist der Lack ohnehin ab, Tom und sie versuchen, einander regelmäßig zur Verfügung zu stehen, mehr noch, sich über die Ränder des Üblichen hinauszutasten, das sind Anforderungen, das gehört jetzt zu einem funktionierenden Sexualleben, immer ein bisschen mehr als das Notwendigste, kannst du mir die Augen verbinden, darf ich dich in den Arsch ficken, würdest du dir für mich die Muschi rasieren. Ob Tom das fragte, weil er wirklich auf die Vulven der Pornostars abfuhr, die prall und rosig angerichtet werden, oder eher aus einer Verlegenheit heraus, weil ihm nichts Besseres eingefallen war, es

macht sie spontan zornig, wenn sie sich Tom onanierend vor dem Bildschirm vorstellt, wenn es wenigstens ein Heft wäre, alles muss schon vor dem Bildschirm passieren, auch der Sexualunterricht für jung und alt, der hört nie auf, weil das Normale sich immer weiter ausdehnt wie das Universum, Brüste wachsen ins Unermessliche, Muschis sind maßgeschneidert, kein Loch bleibt unpenetriert, bald lässt sich nur noch die Gewalt steigern.
Also gut, Komplettrasur, das eitert doch nur alles, dachte sich Franziska in dieser entwürdigenden Bückposition, ein Bein auf dem Wannenrand, wie die Schamlippe nach oben gezogen werden musste, um die Hautfalten zu glätten, und wie sie mit dem Strich, also quer zur Spalte, immer wieder nach kurzer Rasurstrecke aufs neue ansetzen musste und sich bei dem Versuch, sich nicht in die inneren Schamlippen zu schneiden, die äußere verletzte, wie der Schnitt zwar nur leicht blutete, Franziska aber ein Wutschrei entfuhr, wie sie es jetzt erst recht gegen den Strich versuchte und sich der Rasierschaum rosa färbte, und die ganze Zeit Bilder von afrikanischer Genitalverstümmelung im Kopf, und wie natürlich alles prompt eiterte und wie sie sich beherrschen musste, Tom nicht ihr entstelltes, verletztes Geschlecht vorwurfsvoll ins Gesicht zu halten.

Wie die Jungen das alle so machen, fragt sie sich oft, ob das eine Frage der Technik ist oder der Gewöhnung, nicht nur die Intimrasur, sondern auch diese ganze Porno-Geschichte; aber war es nicht eine Generation, die mit Arschfickhymnen im Mund aufwuchs, und vielleicht war Franziska in sexuellen Belangen einfach zu zimperlich. Der Tee schmeckt nach nichts, nicht einmal bitter, sie müsste all diese Tees entsorgen, wie viel Geld sie schon in leere Versprechungen investiert hat, Tees, die weder wirken noch schmecken und nicht einmal eine ordentliche Farbe hatten, sondern nur dieses unsaubere Gelb-Grün-

Braun, warum kauft sie diese Heilsversprechen? Monogamie ist etwas Anstrengendes, die Umgebungsbedingungen müssen einander die Waage halten, die Stimmung, der Alkoholspiegel, das Licht usw. müssen in einer bestimmten Konstellation stehen, dann fühlt sie ein Begehren, und das zeigt, wenn sie ehrlich ist, manchmal noch stumm auf Ralph, mit Ralph ist es anders gewesen, das kann natürlich auch eine Frage der Lebenserfahrung gewesen sein, eine frische Euphorie Anfang zwanzig, und das große Entsetzen, als sie bemerken musste, wie Ralph in dieser Sexualität überfordert war, die ihn umspülte, die alle Frauen von ihm erwarteten, er konnte nur dastehen wie ein Kreidefelsen und die Elemente an seinen Zehen nagen lassen. Man musste da hart arbeiten, um sich sein Stückchen von Ralph zu holen, aber wenn man mit ihm an der Hand über den Berg war, lohnte es sich: denn da fühlte man, worum es bei diesem Sex ging, dass man ein Tier war und sich paaren musste, deswegen liefen ihm die Frauen die Tür ein, lauerten ihm auf, in der Straßenbahn, am Heimweg, sie drückten sich in Lokalen an ihn und läuteten bei ihm an, Frauen aller Altersklassen, 15jährige Mädchen, Franziska konnte nicht überall sein, um die rolligen Kätzchen zu verjagen. Armer Ralph, der sich tapfer in diese stundenlange Porno-Onanie geflüchtet hat. Er wusste, dass er das Alphamännchen war, eine Art Mega-Alphamännchen, und er wusste, dass seine intellektuelle Persönlichkeit nicht mithalten konnte mit seiner sexuellen.

Franziska setzt sich an den Esstisch, sieht hinaus in den kleinen Vorgarten, durch ihr schwaches Spiegelbild hindurch die Energiesparlampen auf der Spielstraße, der Garten ist klein wie ein Vorgarten, aber mehr braucht man nicht, die Hainbuchen-Hecke wächst schnell, mit ihr die Meisen und Spatzen und Amseln darin, die Igel und Rosenkäfer, ein paar Quadratmeter sind gerade richtig, sie hat eine Terrasse zu kehren, einen Rasen zu mähen, ihr Sohn kann den Ball in das kleine Tor schießen, das sie schützend vor die Himbeersträucher und Tomatenpflänzchen stellen kann, er kann in den Regen laufen, Beeren pflücken, auf der Spielstraße radfahren lernen.

Sie würde natürlich ein zweites Kind bekommen, bald würde sie schwanger werden, sie fühlt sich wie eines dieser verstopften Zebrafischweibchen, die den Bauch voller Eier haben, die man nur ausstreichen muss, vielleicht geht heute etwas, vielleicht wandern ein bestimmtes Ei und ein bestimmtes Spermium gerade aufeinander zu, das zweite Kind würde die ungerade Zahl geraderichten, es würde die Verdachtsmomente mit einem Mal auslöschen, dass sie kein Kind mehr bekommen könnte, dass sie egoistisch wäre und Manuel kein Geschwisterchen vergönnen würde, ihr schmeckt der Fastenfreude-Tee nicht, passender wäre ein Werd-bitte-ein-Mädchen-Tee, aber nur ein gesundes, das darf man gar nicht denken, warum eigentlich nicht, warum darf man sich kein gesundes Mädchen wünschen, warum muss man sich klein machen vor dem Schicksal, wir leben im Zeitalter der Designerbabies, der abgetriebenen weiblichen Föten, 163 Millionen sind es in China, 50 Millionen in Indien, aber bei den 50 Millionen sind schon die verbrannten Witwen und die ehrengemordeten Mädchen mit eingerechnet, dennoch, rund 200 Millionen werden es insgesamt weltweit schon sein; als Gegengewicht wird man sich doch noch ein Mädchen wünschen dürfen, als würde man das Schicksal herausfordern, sie stellt sich das Schicksal als eine Art Wachpersonal über Wünsche vor, humorlos und pedantisch, jahrhundertelang durfte man sich ungestraft einen Stammhalter wünschen, wann kommt endlich ein Bub in der Thronfolge, und sie muss den Mund halten, vierzehn Jahre nach der zweiten Jahrtausendwende, sogar im Geiste muss sie den Mund halten, um den spirituellen Anstand zu wahren.

Eine Reise nach Mauritius also, und sie sind sogar zur Tafel eingeladen, nicht nur zur Agape, Franziska faltet Zehn- Euro-Scheine in kleine Schiffchen, so etwas merkt man sich ein ganzes Leben lang, wie man die Kanten aneinanderlegen muss, das vergisst man vielleicht oberflächlich, aber sobald Kinder um einen sind, kann man das Wissen wieder abrufen, man kann die Lieder summen und die Reime aufsagen, ist das endlich die letzte Hochzeit, fragt sie sich, und warum das tatsächlich notwendig ist, dieses Heiraten, Kinder werden die beiden ja hoffentlich keine mehr bekommen wollen, und ohne gemeinsame Kinder ist dieses Heiraten doch unnötig, standesamtlich, auf einem Schloss hoch über der Donau, sie stellt das leere Gurkenglas auf den blauen Karton, zieht den Grundriss nach und schneidet ein Stück Indischen Ozean aus und in den Ozean ein Loch; aus diesem Loch wird der Sand aus der Sandkiste hervorschauen, in den sie die Palme rammen wird, die hat sie schon aus Manuels Playmobil-Piratenschatzinsel gestohlen, es wird ein nettes Geschenk sein, Mauritius im Gurkenglas, nicht nur Geld in einem Kuvert mit einem schnöden Billet, die Boote sind jetzt fertig, Franziska geht mit dem Gurkenglas in den Garten und muss sich gleich wieder ärgern, weil Bälle und das Laufrad herumliegen, und die Sandkiste ist nicht abgedeckt, das ist Toms Vorstellung von der Erfüllung väterlicher Pflichten, erst mit Manuel den Garten verwüsten und anschließend die Geschmacksrezeptoren des Kindes bei Mc Donald's mit Pommes und Apfeltasche versauen, sie geht barfuß durch die nächtlich feuchte Wiese, es ist empfindlich kühl, sie räumt das Rad in den Schuppen, sammelt das Spielzeug ein, wirft es geräuschvoll in die Truhe, dann geht sie mit dem Gurkenglas zur Sandkiste, natürlich haben sich Katzen hinein erleichtert, sie kann es sehen, 2 Würstchen, sie spürt, wie sich ihre Kiefer ineinander verkeilen, sie stellt sich die weiße Katze der Nachbarn vor, wie sie sich extra zum Scheißen in ihren Garten stiehlt, wie sie sich den Stuhldrang aufhebt und über Manuels Sandkiste den Rücken krümmt, wenn sie sie dabei erwischen würde, sie würde etwas Schweres, Spitzes nach ihr werfen, da wäre kein Funken Skrupel, einen Briefbeschwerer, ein Brotmesser, eine Vase, sie schüttelt den Zorn ab, wie viele Tage stand die Sandkiste nun offen, der Gestank nach Katzenpisse scharf in ihrer Nase, sie schaufelt jetzt die Exkremente in einen Plastiksack und verknotet ihn gut, sie sucht nach einer sauberen Stelle und schaufelt um eine tote Spinne herum und an einer kleinen Nacktschnecke vorbei, sie schüttet Sand in das Glas, dass das so schwer ist, eine Sandkiste zudecken, es können Spulwürmer und Fäkalkeime zurückbleiben und überdauern, und wenn Manuel dann Würmer hat oder Brechdurchfall, würde es wieder an ihr hängen bleiben, das Putzen des angekotzten Bettchens, die Arztbesuche und das kontrollierende Absuchen des Stuhls nach Würmern, davon hat Tom keine Ahnung, da ist es dann aus mit 50:50, da ist es dann eher 100:0, plötzlich muss sie lachen, weil sie sich vorstellt, die Katzenscheiße ins Glas zu platzieren und darauf die Schiffe, sie hineinrammen und auflaufen lassen auf ein Riff aus Scheiße, liebe Beatrice, bitteschön, da siehst du, was du bekommst, wenn du dir die ganz große Liebe erwartest, und sie riecht ins Glas, nur ein dumpfer Essiggurkenmief ist wahrnehmbar, erst entsorgt sie die Katzenscheiße und dann zieht sie sich wieder in ihre Küche zurück, drapiert das Meer und die Insel und die Schiffchen, verschließt das Glas, packt es in eine Zellophanhülle, bindet eine cremefarbene Masche darum und stellt es zufrieden neben das Muttertagsbillet.

Als sie wieder im Bett liegt, stellt sie sich vor, wie Beatrice jetzt ebenfalls schlaflos in ihrem Bett liegt, in Sorge, ob das Wetter halten wird, ob die Eltern sich auch vertragen, in Sorge um die Reibungslosigkeit der Abläufe und das Gelingen des Honeymoons, Franziska schließt die Augen und freut sich auf ein zweites Kind, sie freut sich auf ein Mädchen, auf einen Buben natürlich auch.

8

Elisabeth

Kosmetiksalon Rosemarie Kaiserbad !! Kennenlernaktion !! Einladung für unsere Stammkunden zu einer gratis Ultraschallbehandlung * Lifting ohne Skalpell! Einzulösen bis spätestens 1.11.2013 bitte um tel. Voranmeldung *nur einlösbar im Rahmen einer gleichzeitigen Grundbehandlung

Der unangenehme Teil, das Dämpfen, das Zupfen und Drücken, das Ultraschallgebrumme, das ist schon vorbei. Jetzt folgt die Belohnung. Wie man so weiche Hände haben kann. Auf meinen Augenlidern Kräuterpads, kühl und feucht. Das wird wohl das Geheimnis sein. Dass man nicht sieht, wie man bedient wird. Dass einem die Augen zugedrückt werden und da nur der Duft ist und diese weichen Hände, die etwas tun, das sich so unbezahlbar anfühlt. Muster werden auf die Haut gemalt, geklopft und getätschelt. Eine Gesichtsmassage folgt einer immergleichen Partitur, als gäbe es nur diese einzige Möglichkeit, die kostbaren Nährstoffe in die Haut einzuarbeiten. Als wäre es ein Ritual und keine Dienstleistung. Später wird die Kosmetikerin die vorgewärmte Maske mit einem Pinsel auftragen und mich dann zehn Minuten alleine lassen. Ob das nun wirklich etwas bringt. Zehn Jahre jünger auszusehen ist eine Pflicht geworden. Wer will schon mit 59 wie 59 aussehen. Es beginnt damit, sich die Augenbrauen fasonnieren zu lassen. Und die Borsten unter dem Kinn entfernen zu lassen. Das bringt schon mal ein paar Jahre. Aber irgendwann verlangt die Haut nach mehr: Ampullen, Kollagenunterspritzungen, dezentes Permanent Makeup. Kreisende Bewegungen um den Kamm meiner Augenhöhlen. Im Winter wird das Bett beheizt, ich freue mich schon auf die kalte Jahreszeit. Nichts auf der Welt wärmt so bis in die Knochen wie das Behandlungsbett der Kosmetikerin. Und selbst wenn die Behandlungen nichts bringen: Immerhin bekommt man eine Stunde bedingungslose Aufmerksamkeit. Alleine schon deswegen gehen Frauen zur Kosmetik. Um ihre Ruhe zu haben und trotzdem angefasst zu werden. Es ist eine legale und sehr reduzierte Form der Prostitution. Wie eine große, weiche Hundezunge fühlt sich der Pinsel mit der warmen Paste an. Als die Kosmetikerin fertig ist und sich für ein paar Minuten, wie sie sagt, aus dem Zimmer entfernt, erwäge ich kurz, zu masturbieren. Warum nicht. Dem Beckenboden zuliebe. Die Glückshormone ankurbeln. Um mich besser, vitaler zu fühlen. Es gibt so viele gute Gründe für Sex und so wenig Anlass zu Begierde, warum also nicht jetzt. Meine Hände kommen auf halbem Wege auf dem Bauchspeck zu liegen und verharren dort kurz, bevor sie weiter wandern und halbherzig über das Schamhaar streichen, es von links nach rechts und von rechts nach links scheiteln. Diese paar Quadratzentimeter Fleisch und so viel Getue. Auch noch in Zeiten, in denen die Fortpflanzung längst erledigt ist. Die Hände wandern wieder zurück und bleiben auf dem Bauch liegen. Es könnte ja auch angenehm sein, das Speckige. Ob es mich stört oder stören soll, den Unterschied habe ich nie eruieren können. Wo ich anfange und wo die anderen aufhören. Ich lasse die Fingerkuppen langsam in den Speck sinken, zwicke ein bisschen ins Bindegewebe. Früher war mir der Körper vertraut, auch seine Veränderungen. Die Lust am Schwangersein, trotz der beschwerlichen Monate und der Geburten. Das Leben produzieren, es aus mir herausfließen lassen, stillen, nähren, ein einziges Sprudeln. Jetzt ist das Versickern dran. Wie ich mich wohl anfassen würde, wenn ich dünn wäre. Und ob das nicht ein völlig anderes Körpergefühl wäre. Was ich tragen würde und was nicht. Und ob ich mir eine große Brust wünschen würde, wenn ich keine hätte.

Eine lesbische Beziehung anfangen und endlich das zu Ende bringen, was mit Edith angefangen hat, wäre eine Möglichkeit gewesen. Ich könnte mir eine von diesen Ediths suchen, die noch am Leben sind, lebenslustige, ewig kichernde, mit grünstichigen Locken und kleinem Apfelbusen, die frisch und lebenshungrig aus der Ehe ausgebrochen sind. Gleichzeitig ist da diese Scheu vor dem Lesbischen, Küssen und Streicheln ginge vielleicht, aber um nichts in der Welt eine fremde Brust oder Scheide. Die eigene dann, wenn es gar nicht mehr anders geht, wenn diese sexuelle Energie überschäumt und ausbricht. Oft ist monatelang Ruhe und dann kommt die angestaute Geilheit wie ein Schwall über mich und ich muss sie hier und jetzt abwettern. Schade, dass das nicht steuerbarer ist oder besser dosierbar. Für Kurt wäre es einfacher, wenn ich leichter zu überzeugen wäre, aber wenn Kurt sich mir nähert, ist die Lust manchmal scheu und muss kunstvoll hergelockt werden.

Mit einer Frau: um keinen Preis. Jakob oder Gustav kämen in Frage, aber Kurts Untreue reicht mir schon. Kurts kleine Geliebten. Bei der ersten war die Empörung noch sehr groß. Nicht nur meine. Die Kränkung war so überwältigend, dass sie sich nicht vor den Kindern verbergen ließ, und auch nicht vor den Eltern; und als sie nachließ, trat an ihre Stelle der Schrecken darüber, dass es schon so weit war. Als wären wir über Nacht um eine ganze Generation gealtert. Und auch Kurt wirkte im Nachhinein noch überrumpelt von seiner Promiskuität. Sex war ihm nie so wichtig gewesen – und dann diese hormonelle Urgewalt mit Mitte vierzig. Ich bemerkte es an der Art, wie sich sein Schlaf veränderte. Er bewegte sich mehr und brauchte das ganze Bett, und er spreizte die Beine steif von sich, als wäre er aufgeblasen. Er aß mehr und fuchtelte mit den Händen und gestikulierte plötzlich. Und diese bunten Hemden. Als hätte die sexuelle Energie ihn in eine Art Pubertät zurückkatapultiert. Wie er weinen musste, als ich ihn zur Rede stellte. Ich musste da gleich mitweinen. Er war froh, die Geschichte beenden zu dürfen. Ich hätte ihn von einer Bürde befreit. So rotzte er an meine Schulter, dass ich danach meine Bluse wechseln musste. Die anderen gestand er mir nicht mehr, aber sie kamen und gingen, und an Kurt konnte ich ablesen, dass es nie etwas Ernstes war.

Ich konnte es nicht zu Ende bringen in der Nacht nach Kurts Pensionierungsfeier. Mich aus dem Ehebett schleichen und ins Auto steigen konnte ich, zu Jakobs Atelier fahren konnte ich. Warum ich mit meiner Wut dort war? Warum ich nicht in den Wald gefahren bin oder warum ich nicht in der nachtstillen Küche gesessen bin und die Wut von einer Hand in die andere gleiten lassen habe oder in das eine oder andere Glas Chardonnay? Wie Kurt seiner Nachfolgerin das Blütenblatt aus dem Haar gezupft hat. Wie er diese Winkeladvokatin hinter das Haus gelockt und sie dort mit einer Umarmung verabschiedet hat. Ich bin ins Schlafzimmer gegangen, um sie besser sehen zu können, ich habe die Sichtschutzvorhänge vorsichtig zur Seite gezogen. Wie er ihre Hände mit beiden Händen ergriffen hat. Es ging gar nicht darum, ob es gerade angefangen hat oder schon zu Ende war. Ob es jetzt noch lief. Es ging um die obszöne Wärme in diesen Gesten; und um den Ort, an dem sie stattfanden. Unter den Lichtergirlanden, die ich zu seiner

Pensionsfeier aufgehängt und mir dabei einen Schiefer eingezogen habe. Und zu welchem Zeitpunkt. Am Abend nach jenem Nachmittag, an dem ich seine dement johlende Mutter ins Haus geführt und den Rollstuhl vom Urin gereinigt habe, um seine Feier zu retten. Es geht um den Urinfleck, den mein Kleid dabei abbekommen hatte, den ich spazieren tragen durfte, bis er trocken und die Whiskyverkostung zu Ende war, die Gäste alle abgefüllt und verabschiedet.

Früher haben wir viel geschrien, Kurt und ich. Der Streit um die immerselben Themen. Mit den immerselben Worten den Haussegen kaputtschlagen, ihn wieder neu zusammenkleben und dann die Geschlechtsteile zur Versöhnungsfeier vorschicken. Noch nie hat Sex etwas besser gemacht, weder Ehekrach noch Regelkrämpfe noch Liebeskummer und schon gar nicht hormonell bedingte Gemütsschwankungen oder die Untreue des Gatten. Eine riesengroße Verschwörung, die einen glauben machen will, Sex wäre heilsam und zu irgendetwas anderem gut als zum Kindermachen und zur Triebbefriedigung. In den Zeitschriften und im Radio ständig diese demütigenden Statistiken, die einen in das kleine verstaubte Eck jener 30 % stellen, die wenig bis gar keine Sexualität haben. Und alle anderen, die Alten und die Einsamen und die Verwitweten und die Kranken und die einander Hassenden und gleichgültig Gewordenen, was ist mit denen? Es müssen doch mindestens 50% sein.
Zu denken, dass Jakob mir in dieser verletzten Situation gut tun würde. Mit oder ohne Sex. Dabei ist er ja auch schon 64. Vielleicht hat er ja noch Zugriff auf die eine oder andere Studentin, die sich mit einer fachlichen Frage zu ihm verirrt, oder eine, die von seinem frühen Werk fasziniert ist oder von seinem speckig gewordenen Ruhm. Den Altersunterschied zwischen alternden Malern und ihren Konkubinen muss man

sich vielleicht wie ein Gefälle vorstellen: je größer, desto steiler und rasanter ist die Leidenschaft, und desto tosender der Applaus.
Kurts kleine Geliebten gegen den alten, ein bisschen schmuddeligen Jakob, auf den Kurt immer schon hinabgeblickt hat, diesen bankrotten Attersee-Abklatsch, wie er ihn nennt. Ich ging tapfer die Stiegen hinauf zum Atelier. Es ging darum, einen Strich durch die eigene Treue zu ziehen, die Idylle anzupatzen. Ein beliebiger Schritt, in irgendeine Richtung. Gustav wäre ideal gewesen, Kurt zu demütigen. Es wäre die Überschreitung einer Demarkationslinie, auch im Zusammenhang mit Edith, eine wirkliche Befleckung der Prinzipien gewesen. Die Muttergottes in mir vom Sockel treten. Doch Gustav hat sich schon weiterentwickelt, er schwelgt im zweiten oder dritten Frühling seines Lebens, denn das passiert immer mit den gut aussehenden, freistehenden Mittsechzigern, zuerst stehen sie vor den Trümmern ihres Familienlebens und im nächsten Moment rasen sie auf einen vergangen geglaubten Sommer zu, in einem Mercedes Cabriolet, den Wind in den Geheimratsecken und die warme, glatte Hand einer wesentlich jüngeren Frau auf dem Oberschenkel.

Die Ateliertür war offen. Jakobs Bein stand eigenartig schräg über die Bettkante, als würde es nicht zu ihm gehören. Die Fenster waren weit geöffnet, der Geruch nach Lösungsmitteln lag in der Luft, im Mondlicht sah man graue Farbe auf dem Boden kleben, ein paar Leinwände mit dem Gesicht zur Wand gelehnt. Ich stellte die Handtasche zur Seite und setzte mich vorsichtig an den unteren Bettrand. Leise zog ich die Schuhe aus und suchte sein Gesicht. Er schlief der Mauer zugewandt. Ich war nicht verzweifelt genug, ihn gleich zu wecken, mich neben ihn zu legen, ihn an den richtigen Stellen zu berühren, mich auf ihn zu setzen. Erregt, entschlossen, feucht zu werden unter diesen Bedingungen, insistierend zu sein, bei Mondlicht meine Brüste zu zeigen, sie schaukeln zu lassen: undenkbar. Ich wurde einfach nur müde und traurig und saß auf der Bettkante. Jakob erwachte, erschrak kaum und umarmte mich. Wir machten uns ganz schmal und klein, um beide in das Bett zu passen. Eine Tigerkatze, die am Fußende saß und sich zu putzen begann, Jakobs Mund eine borstige Öffnung, und beim Küssen spürte ich die Zahnlücke. Die Tigerkatze rollte sich an unserem Fußende zusammen, schränkte den wenigen Platz im Bett noch mehr ein. Ich machte Anstalten, sie mit sanften Tritten aus dem Bett zu befördern, doch Jakob schüttelte energisch den Kopf. Eine angenehme Kühle kam vom Kanal, dahinein fiel jeder Gedanke, den ich vielleicht fassen hätte können. Bleib bei mir, murmelte Jakob.

Kurt und ich waren wohl nicht die einzigen im Bekanntenkreis, die eine Paartherapie begonnen haben. Andere haben das sicher auch. Und nicht nur das. Entziehungskuren wurden gemacht. Alkoholentzug für die Väter, Drogenentzug für die Kinder, wenngleich kein Medikamentenentzug für die Mütter. Diebstähle wurden begangen, Motorräder im Garten vergraben und von der Polizei wieder ausgegraben, Gefängnisstrafen wurden reduziert oder abgewendet, jemand fiel gerade noch in die Weihnachtsamnestie. Eine Frau wurde betrunken angefahren, Fahrerflucht wurde begangen, Inzest führte zu Kindern, ein stadtbekannter Missbrauch wurde nie angezeigt, Jugendliche wurden zu Verwandten in andere Länder verschickt, wo sie von vorne beginnen konnten. Unter der gutbürgerlichen Glasur der Kleinstadt erwartet einen derselbe Abschaum wie überall.

Kurts kleine Geliebte gehörten dazu und waren sozusagen das geringere Übel, wenn man sah, was das Leben mit den anderen vorhatte. Wir brachen die Therapie bald ab. Danach blieb alles freilich beim Alten. Wir hielten zusammen, bewahrten die Kinder vor schlechtem Umgang, regulierten den Strom von Bildung, Geld und elektronischer Unterhaltung, wir trugen sie durch die Pubertät und ließen sie gehen, als es Zeit war. Wenn sich Kurts Finger heute unter der Bettdecke heranpirschen, nehme ich mir vor, sein Interesse zu begrüßen. Zumindest jedes zweite Mal. Ich bin ihm dankbar, dass er es sich noch vornimmt. Unser Liebesspiel ist stumm geworden, wie ein Schachspiel oder ein asiatischer Kampfsport folgt es einer bestimmten Choreografie, ein Handgriff auf den nächsten. Unsere gemeinsame Schrittfolge zum beruhigenden Gedanken, es noch zu tun. Uns abzuheben von denen, die das nicht mehr können, oder wollen.

Jakob glaubt, zwei Kinder zu haben. Wie das sein muss, vielleicht Kinder zu haben, und man weiß nicht einmal, wie viele. Es ist ungeheuerlich, wie im Tierreich. Warum kann ich ihm nicht böse sein? Das muss etwas mit seinem Künstlersein zu tun haben, dass ich ihn von den Vaterpflichten entbinde. Mittel- oder Südamerika, murmelte er. Irgendwo in Ecuador hat er einer Indiofrau ein Kind gemacht während seines wilden Semesters, oder war es Brasilien? Kein einziges Mal hat er ein Kondom verwendet, hat er behauptet und bedeutungsvoll gegrinst. Als wäre das ein Verdienst. Vielleicht habe ich eine Tochter, kaffeebraun und ein bisschen zu speckig, hat er gesagt, und vielleicht bin ich schon Opa; heute wäre es mir dort zu heiß zum Vögeln.
Vielleicht träumt er davon, wie sich ein kleiner Seitentrieb seiner Gene in Südamerika verzweigt, wie immer wieder Kinder aus der Erbfolge herausmendeln würden, die zu hell sind und ihm ähnlich sehen. Bestimmt denkt er so. Wie verantwortungslos und rücksichtslos er seine Samen verstreut hat; sein Blick darauf ist verklärt.

Jakob konnte sich meiner Zuneigung schon immer sicher sein. Schon als ich ihn vor knapp zehn Jahren kennenlernte. Als ich ihm zum ersten Mal bei einer Vernissage in der Galerie der Bank begegnete. Erst berührte mich das Bild mit den Luftfischen, das wir dann kauften, und danach die Begegnung mit dem dazugehörigen Künstler, der etwas sperrig und sichtlich menschenscheu neben seinen Bildern stand und seine Gabe zu hassen schien.

Dass ich seine Einladungen drucken ließ, auf dem Hochleistungsdrucker in Kurts Büro, wurde zu einer Aufgabe, die ich gerne übernahm; genauso wie das Kuvertieren, Adressieren, das Streuen der Einladungen an Orten, wo das Zielpublikum verkehrte: bei der Kosmetikerin, in Cafés, beim Masseur und auf der Sonnenterrasse. Oder das Auftreiben von Sponsoren für Sekt und Brötchen nach der Vernissage, lächerliche Summen, die kein Thema sind, wenn man die richtigen Leute kennt. Es kommt die Zeit, da interessiert man sich einfach für Kunst. Da will man sein erstes Bild kaufen und ein paar Worte mit dem Erschaffer reden. Da wird man anfällig für das Sehnen, das einem aus den Bildern und Klavierkonzerten entgegenströmt, das nichts mit der ganzen globalisierten Wirtschaft zu tun hat – und doch käuflich ist. Da will man sich mit künstlerischen Menschen umgeben und gleichzeitig eine wichtige Gesellschaftsschicht unterstützen. Die Kunst gab mir etwas zurück, das im Garten nicht wuchs.

Wenn ich ihm die Einladungen vorbeibrachte, nahm ich Apfelkuchen, Rotwein, Obst mit. Jakob kochte im Gegenzug Kaffee und erklärte mir den Unterschied zwischen Baselitz und Richter und warum Richter ein Arsch war. Er fand Otto Mühl unschuldig, Anselm Kiefer großartig und versuchte sich an dessen Rezepturen, Sand und Humus dauerhaft auf die Leinwand zu pappen. Er zeigte mir, wie er Blätter und Lehm in seine Bilder einarbeitete, und erklärte mir kurz darauf, warum man das niemals dürfe. Er erzählte mir das, weil ich mich in seinem Atelier einfand und dastand, wenn er sprach. Ich war ein geduldiges Gegenüber, das gehörte zu den Bildern dazu, das waren die Randzonen der Kunst, in die ich da eintauchen durfte. Manchmal lächelte er mich an und manchmal gingen wir Pizza essen, tranken dazu Bier, und ich zahlte. Ich hörte ihm zu, wenn er vom Tod sprach, und machte mir Sorgen. Wenn ich klopfte und er nicht zur Tür ging, obwohl er daheim war, hatte er bestimmt seine Gründe. Natürlich war ich ein bisschen verliebt, aber es vergor sich zu einem Schwärmen und Kümmern. Jemand musste nach ihm sehen, und ich fürchtete mich davor, was sein würde, wenn er wirklich alt wäre; ich sah ihn – aller Kredite zum Trotz – zahnlos in seinem unbeheizten Atelier herumschlurfen und an einer Lungenentzündung sterben. Etwas in mir wollte ihn retten, zu seinem Schaffen beitragen und vielleicht einmal irgendwo namentlich erwähnt werden. Er hat viele Frauen in seinen Bildern verewigt, aber mich hat er nie gemalt. Ich kam trotzdem, und mein Apfelkuchen, den ich mitgebracht hatte, schmeckte ihm. Wenn etwas weh tat, war es meine Schuld.

Als ich am Tag nach Kurts Pensionierungsfeier in Jakobs Bett erwachte, sehnte ich mich zuallererst nach einer Dusche und dann nach meiner Zahnbürste. Das viele Licht im Atelier. Alles war so sichtbar. Der Grauschleier auf dem Laken, die Patina in der Duschtasse. Ich hätte frech sein können und mir Jakobs Zahnbürste einfach ausborgen. Und dann gehen und gar nicht mehr nach Hause fahren. Ein Spalt war aufgegangen in dieser Nacht, in der nichts passiert ist. Mir ein Hotelzimmer suchen. Mir endlich Triest ansehen, oder Altaussee, dann nach Piran. Vielleicht wäre mir Barbara Frischmuth über den Weg gelaufen und hätte mir einen Rat wegen der Buchsbaumzünsler geben können. Ich hätte gehen können. Mein Verschwinden hätte genauso viel Gewicht gehabt wie das Händchenhalten mit der Advokatin. Dabei hörte ich schon Kurts Entgegnungen: Mit dieser Winkeladvokatin! Ob ich ihn beleidigen wolle. Eine Frau im Herrenanzug! Ob ich wirklich glaube, er finde so etwas erotisch?

Als ich zum Auto ging, kam Jakobs Katze um die Ecke und blieb ein paar Meter vor mir stehen. Wie schon immer Katzen kamen und mich ansahen. Abschätzig und im Grunde desinteressiert. Und wie ich nie einen Hund haben durfte. Als Mädchen nicht und als junge Frau nicht. Nichts, was man fütterte und liebhaben wollte, gehörte einem. Vögel flogen weg, Kinder zogen aus. Was ungefragt blieb, waren Katzen. Keinen Hund zu haben fühlt sich an wie eine Entbehrung, von der ich nicht weiß, woher sie kommt. Denn da war nie ein Hund.

Jakobs Katze ließ sich mit einem behäbigen Plumpsen vor mir auf die Seite fallen und begann beiläufig ihre Flanken zu putzen. Immer nur Katzen, die sich selbst gehörten, Vögel fraßen und in den Garten schissen. Jakob ist auch nur eine von diesen Katzen. Im Auto das Gefühl, die letzten paar Stunden seien nie passiert. Nur der eine, halbe Kuss, den packte ich ein für später. Als ich den Wagen startete, sah ich Jakob im Rückspiegel aus der Fabrik laufen, ein Bild in seiner Hand, nicht besonders groß und in dreierlei Grautönen gemalt. Es ist noch nicht trocken, aber ich will es dir schenken, sagt er, umarmte mich freundschaftlich und trabte zurück zum Atelier.

Auf dem Bild ein Totenschädel und eine zusammengerollte Katze, beide schweben schwerelos durch eine Art Himmel, unter ihnen eine nackte Frau mit großen Brüsten, die Beine gespreizt, hängt sie kopfüber, oder schlägt sie ein Rad? Jakob hatte sich sichtlich analytisch-anatomisch damit auseinandergesetzt, was die Schwerkraft mit dem Fleisch einer alternden, übergewichtigen Frau anstellen würde, wenn man sie kopfüber aufhinge.

Ist das alles, wollte ich ihn fragen, nach zehn Jahren bedingungsloser Freundschaft, nach zwanzig Kilo Apfelkuchen, nach drei zinslosen Krediten, die nie zurückgezahlt wurden? Die Frau auf dem Bild bin ich.

Als ich das Auto vor unserem Haus abstellte, hatte die Cateringfirma schon begonnen, die Überreste des Festes wegzuräumen. Nervös suchte ich Kurt und fand ihn hinter dem Haus, mit einer Atemschutzmaske und dem Drucksprüher um die Schulter nebelte er die Buchsbäume mit Pflanzenschutzmittel ein. Ein kurzer wilder Blick über den Rand der Grippemaske und eine hastige Handbewegung, ich solle zurück ins Haus gehen. Ich nickte und nahm aus Verlegenheit auf dem Weg ins Haus die großen silbernen Warmhalteschüsseln mit, in denen die Spätzle und das Gulasch angerichtet waren. Mehrere Ameisenstraßen mündeten in die verschlossenen Behälter, führten auf den Boden und verloren sich im Gras. Jakobs Bild deponierte ich im Holzschuppen. Jetzt waren wir wieder ein Team, Kurt und ich. Wie früher, als Elias nach dem Sturz mit dem Fahrrad schnell ins Krankenhaus musste. Keine Hysterie, keine Zweifel, keine unnützen Konversationen, einfach gemeinsam im richtigen Moment die richtige Entscheidung treffen. Du bleibst bei Franziska, ich fahre Elias ins Krankenhaus. Du verdienst das Geld, ich bleibe bei den Kindern. Du spritzt die Buchsbaumzünsler tot und ich kratze die Spätzle aus der Warmhaltewanne.
Die Spätzle klebten wie Betonspritzer, ich half mit einem kleinen Messer nach. Dass ich bei Jakob übernachtet habe, war überhaupt nie passiert. Ich würde Kurt alles Mögliche erzählen können. Was wollte ich ihm erzählen? Was würde er mir glauben? Als er in die Küche kam, den Mundschutz in der Hand, erwartete ich ein stilvolles, aber anklagendes Aufbrausen. Ich holte Luft, aber mein Mund zog sich zusammen und

ich schämte mich, als er mich anlächelte, mich auf die Wange küsste. Warst du heute schon so früh walken, fragte er, übersprang meine Antwort und sagte: Sehr brav. Während ich die Warmhalteschüssel polierte, die Erkenntnis: ihm war nicht aufgefallen, dass ich über Nacht weg war. Ich nickte, und er gab mir noch einen Kuss.

Die Schritte der Kosmetikerin, die mit ruhigen Worten eintritt, vorsichtig und bedacht, mich nicht zu erschrecken. Als ich ihr das Geld gebe und einen Termin in sechs Wochen vereinbare, habe ich das Gefühl, in einer Zeitschlaufe gefangen zu sein. Das Leben unterteilt in Wartezeiten zwischen einem Kosmetikbesuch und dem nächsten. Die Vorfreude auf die Gesichtsmassage als Brücke dazwischen.

9

Franziska

Von Thomas.Berger@genericraft.com

2.11.2013, 11:03

an Franziska.Berger@gmail.com

weitergeleitet:

von office@genericraft.com

2.11.2013, 8:04

Betreff: Erinnerungsmail Weihnachtsfeier

Liebe Kolleginnen und Kollegen,

unsere Weihnachtsfeier findet heuer am 29.11.2013 ab 17:00 im Vox Club 1050 Wien statt. Es wird ein Shuttlebus organisiert, der um 16:30 vor dem Büro wegfährt.

Wer mit dem Auto kommt: es gibt eine Tiefgarage.

Solltet ihr aus irgendeinem Grund nicht teilnehmen können, bitte sagt Sandra im office Bescheid.

Wir freuen uns auf euer Kommen und auf ein gemütliches Weihnachtsfest!

Die Geschäftsleitung

Sie würde gerne nachsehen, unter der weißen Tischdecke mit dem roten Tischläufer aus glänzendem Polyester, aber natürlich ist es kein Tapeziertisch, sondern die Restauranttische sind jetzt oft so schmal und zart, sonst bekäme man nicht 90 Leute in einen Speisesaal, die Dekoration in rot und grün und weiß, damit auch allen klar ist, dass es sich um eine Weihnachtsfeier handelt, die ganze Weihnachtsdekoration wird in den großen fensterlosen Produktionshallen Ostasiens hergestellt, Glaskugeln aus Plastik, blähbäuchige Weihnachtsmänner und all der angeschneite Glöckchenkram, dazwischen Kekse aus Industriefett, die niemand essen will, unsere ganze christlich-kulturelle Identität läuft in China vom Stapel, wo wohl die Kekse hergestellt werden, ob man die Produktion der Kekse auch schon in Billiglohnländer ausgelagert hat, so wie die von Apfelsaftkonzentrat, Aufbackware und Tomatenmark, alles aus China, Franziska wird gleich wieder schlecht, die Kellnerin fragt wegen des Aperitifs, ihr Gegenüber nimmt einen Prosecco Bellini, und sie sagt, eine gute Idee, so etwas will ich auch, sie lächeln einander zu, ganz sympathisch diese Frau, die kernige Bäckchen hat und kurze, schwarze Haare, vielleicht könnte das ein netter Abend werden, denkt sie, Tom neben ihr strahlt im weißen Hemd, das er in letzter Sekunde aus der Putzerei geholt hat, so schöne Hemden hatte er nie, bestimmt optisch aufgehellt, ein Anfang, denkt Franziska, dass sie die Hemdenpflege abgegeben hat, zum optimalen Zeitpunkt, jetzt, wo Tom in den Sales Bereich befördert worden ist, ich bügle mir die Hemden selbst, hat Tom gesagt, die Hemden werden sich türmen in der Wäschekammer, hat Franziska gesagt, dann hat Tom geschworen, jedes Hemd zwei mal anzuziehen, so kleinlich begann ihre intime, romantische Beförderungsfeier, die in einem großen hässlichen Ehekrach geendet hat, Franziska hat sich nicht anstandsgemäß über die Beförderung freuen können, es war gleich Bitterkeit in ihr hochgestiegen, ganz konkret haben sich die Kosten seines Erfolges für sie am Zungengrund materialisiert, sie hat alles ausgespuckt, die Währungsumrechnung, zusätzliche 234 € netto ist gleich vier dreckige Hemden und zusätzliche zwei Abendtermine pro Woche, dein Zuverdienst für bezahlte Expertise gegen meinen Zuverdienst unbezahlter Dienstleistung, man kann alles berechnen, Mittelwerte und Standardabweichungen, Stundenlöhne und Realarbeitszeiten, und eine Panik war in ihr aufgekommen und danach ein Zorn, sie weiß gar nicht, woher diese Verzweiflung auf einmal gekommen ist, dass das jetzt immer so weitergehen könnte, Jahr für Jahr immer mehr Geld für Tom und immer mehr Erfolgsabfall für Franziska, und immer noch keine Aussicht auf einen realen, finanziellen Zuverdienst für sie, obwohl sie schon seit ein paar Wochen brav an ihrer Dissertation gearbeitet hat und ein bisschen etwas weitergegangen ist, aber wenn Tom so weitermachte, gab es keine Aussicht auf ein Fertigwerden, sondern Aussicht auf ein zweites Kind, und als sie gesagt hat, was ist mit meiner Doktorarbeit, jetzt, da ich öfter ins Institut muss, weil ich wirklich bald abschließen möchte, da war es Toms Schweigen gewesen, das den Ausschlag gegeben hatte, ihn zu ohrfeigen, noch ein Kind und noch hundert Abende alleine zu Hause und noch weniger Hilfe im Haushalt, und sie hat noch eine zweite Ohrfeige nachgeschoben, auch rechts, das ist mein Beitrag, oder, Tom war ganz starr, seine Wange ist sofort rot geworden, sie hat alles gesagt und er nichts, aber sie hat es trotzdem gehört, sollte sie doch endlich ihre Doktorarbeit an den Nagel hängen, sollte sie doch ihr Yoga zu Hause machen, war es das, was er sich nicht zu sagen traute, wie alleine gelassen sie sich fühlte mit diesen Endprodukten seiner Karriere, wie sie sich jetzt selbst kreischen hören konnte, was sich nämlich unter der männlichen Erfolgsleiter alles so ansammelte, angeschissen sei sie, ob er das wolle, so von oben auf sie herunterscheißen, ob er eine Ahnung habe, mit zwei plärrenden Kindern müsse sie dann einkaufen gehen, er sei ja noch nie mit Kind einkaufen gegangen, nicht mal mit dem einen, die Hysterie fühlte sich berechtigt an, als schlage sie Argumente zu Schaum, als wäre sie nicht nur ihr eigenes Problem, sondern ein kollektives, als strömte da Unrecht aus der Umgebung auch noch hinzu, Umgebungsverzweiflung und Vorzeitverzweiflung aus der Vergangenheit, von ganzen Generationen und anderen Kontinenten, die alle versagt haben bei der Umsetzung der Gleichberechtigung, schon bei der Einforderung der Gleichberechtigung wurde totalversagt, erst wurde schön getan und dann aufgeschoben und dann gedient, bis es sich ausgedient hatte, und wie plötzlich die Atemnot gekommen ist, eine luftdichte Grenze im oberen Drittel der Lunge, die sich nicht durchbrechen ließ, das Japsen und Zittern, und wie sie gar nicht mehr reden konnte und sie sich hinsetzen und an der Sitzfläche des Stuhls festhalten musste, ohne zu wissen, warum genau, und der Streit fiel ganz plötzlich in sich zusammen, ihr wird immer noch ganz bang, was, wenn es wieder passiert, vor zwei Nächten ist sie wieder hochgefahren, ob das ein Nervenzusammenbruch war, oder nur eine Panikattacke, sie hat es am nächsten Tag gegoogelt, es passte symptomatisch ganz gut, jedenfalls machte es Tom genügend Angst, und mit der Angst kam der Kuhhandel, er würde sie ganz gewiss unterstützen und seine Hemden, die könne er ja auch selber in die Putzerei bringen, und dann legte er nach, er würde auch die Einkäufe am Samstag machen, mit Kindern, egal, wie vielen.

Ein Weihnachtsfest, das im Novembernebel gefeiert wird, Geschenke, über die sich nicht gefreut wird, Lob, das nicht aufrichtig ist, so eine Firmenweihnachtsfeier konzentriert das Gegenteil von dem, was Weihnachten eigentlich ausmacht, denkt Franziska, sie versucht, den Ausblick auf die Stadt zu genießen, aber der Nebel trübt die Sicht, sie hat Weihnachten früher gemocht, dann kam der Glaubensverlust, dann die Wahrheit über den Konsumwahn, erst Kinderarbeit, dann das Tierleid durch Fleischkonsum, dann die hundert verbrannten Bangladeshi in den Fabriken, die für alle produzierten, vom Diskonter bis zum Designer, die leergefischten Meere, die rasend voranschreitende Umweltzerstörung in China, es wurde immer mehr und man konnte immer weniger dagegen tun, außer

zu verhärten, langsam von außen nach innen aushärten wie ein Chitinpanzer oder ein Insektenkokon. Sie versucht, aufrecht zu sitzen, sie bemüht sich, es gibt ein paar Ansprachen und sie nutzt die Zeit, den Kunstschnee von einem Plastiksternchen zu kratzen, das vor ihr liegt, das Buffet wird aufgetragen und die großen silbernen Rechaud-Behälter sind noch gut verschlossen, es gibt sicher wieder Mozarella-Tomaten und Schinken mit Melone, das unausrottbare Vorspeisengesetz, wenn schon etwas Pflanzliches serviert wird, muss schon ein bisschen was Tierisches obendrauf liegen, zum Hauptgang irgendein Fleisch und irgendein Fisch und für die Vegetarier einen Gemüsestrudel, bei dem das Gemüse aus dem gestockten Füllmaterial aus Ei herausseziert werden muss, sie ist eine professionelle kulinarische Präparatorin geworden, sie kann Speckwürfelchen von Kartoffeln und aus Quiches klauben, Schinken- und Salamiblätter aus Sandwiches herauslösen und Käsekrusten abheben, Veganer müssen trennen, was zu trennen ist, und auf Kartoffeln hoffen, man kann natürlich immer Brot essen und wieder nicht satt werden, und man muss es unauffällig machen, sonst muss man sich auch noch erklären, man muss sich bei den Fleischessern für sein ethisch korrektes Essverhalten entschuldigen, oder Nahrungsmittelunverträglichkeiten als Begründung angeben, oder man kann eine Ausnahme machen, seit sie versucht, vegan zu essen, hat sie eigentlich nur Ausnahmen gemacht, Milch und Eier waren schier überall versteckt, in Semmeln und Nudeln, in Keksen und Schokolade, man brauchte eine Brille für die winzig klein gedruckten Ingredienzienangaben auf den Packungen, sie weiß gar nicht, warum sie sich das antut, es hat etwas mit dem Magen und mit dem Gewissen zu tun, sie versucht ja wegzusehen, aber die Informationen über die geschredderten männlichen Küken und die ausgezehrten Milchkühe schlängeln sich immer wieder zu ihr durch.
Wie passt der Veganismus zur Toxikologie, darf sie das eigent-

lich, auf der einen Seite die Ausbeutung von Lebewesen verweigern und auf der anderen die Embryonen der Zebrafische vergiften, die Zebrafische zahlen den Preis für die Industrie, die verantwortungslos Nanopartikel in die Umwelt ausbringt, denkt sie, sie hat sich schon zur Auswertung durchgerungen, sie hat entscheidende Fortschritte gemacht, nicht zuletzt wegen des Kollegen, den sie schon kontaktiert hat, derselbe, der ihr schon bei der Diplomarbeit aus der Patsche geholfen hat, es ist eine Art Coaching, und es war Toms Idee gewesen, am Tag nach der Atemnot, die in der Nacht wiedergekehrt war, wir können uns das leisten, hat er gesagt, du wirst schon fertig werden mit deiner Dissertation, sie hat kein schlechtes Gewissen mehr, immerhin ist sie Mutter, sie wird sicher bald schwanger und dann hat sie noch neun Monate, streng genommen ist sie in der Endphase ihrer Doktorarbeit, Mutter, und Veganerin ist sie jetzt auch noch, und burnoutgefährdet; irgendwo muss man Abstriche machen.

Frau Gegenüber und der Mann daneben sitzen recht eng beieinander, die Liebe sieht frisch aus, wie sieht denn ihre und Toms Liebe aus, reif, fahl, verholzt, ach, wir sind ein gutes Team, denkt sie sich, Herr Gegenüber reibt sich die Hände, ein trockenes Geräusch, er gratuliert Tom nicht, hat er wohl schon, ist da Missgunst in seinen Augen, oder hat er auch gerade einen Karrieresprung hinter sich, Franziska würde gerne Tom fragen, aber sie traut sich nicht, soll sie die Frau Gegenüber fragen, die kommt gerade von der Terrasse, eine kalte Rauchfahne hinter sich herziehend, da kommt der Bellini und man sagt: Auf die Bewerbungen, alles klar, deswegen die Anordnung, alle Karrieregewinnler an den einen Tisch, alle Loser an einen anderen, es wird angestoßen, und da kommen auch schon der Chef und die Chefin, sie teilen sich die Aufgaben und die Millionen, dass man mit Generika so viel verdienen

kann, sie haben eine Schihütte in den Schweizer Alpen und ein Haus auf St. Barth, sagt Tom, da pendeln sie hin und her und dazwischen werden die Angestellten schikaniert und ausgebeutet, denkt Franziska, Tom denkt so nicht, er mag seine Chefs, er bewundert sie, erst redet er, dann redet sie, dann redet der Geschäftsführer, Franziskas Ohren fallen zu, wie im Flieger beim Landeanflug, sie fragt sich, wie die Frau Gegenüber so eine schöne Haut haben kann, wenn sie raucht, Tom hat ihr sehnsüchtig nachgesehen, er wäre gerne mitgegangen, aber das traut er sich nicht vor der Toxikologin Franziska, wegen der Spermaqualität, es ist nachgewiesen, dass Rauchen das Erbgut in den Spermien schädigt und Fehlgeburten verursacht, selbst die Erfolgsaussichten der künstlichen Befruchtung verschlechtern sich um ca. 50%, wenn der Mann raucht, und so weit kommt es noch: dass sie die ganze Arbeit macht, schon seit Monaten beim Essen und Trinken aufpasst, gar nicht zu reden von Schwangerschaft und Gebären, und er diesen seinen geringsten Beitrag mit der blöden Raucherei versemmelt.
Endlich ist das Gequatsche vorbei und das Buffet eröffnet, jetzt traut sich wieder niemand der erste zu sein, alle rennen auf die Terrasse rauchen, Franziska nimmt den Essensgeruch wahr, der sich durch die Deckel der Rechauds immer weiter in den Raum hinein ausbreitet und dabei immer intensiver wird, sie riecht den Wurzelsaft von Rinderbraten, dazu gehören Spiralnudeln, sie weiß noch genau, wie sich der Saft in den Kurven der Innenachsen der Teigwaren gesammelt hat und wie gut der deftige Fleischsaft mit dem Nudelgeschmack harmoniert hat, gerade nach Nudeln mit Saft von Rindschnitzel und Zwiebelrostbraten hat sie immer noch großes Verlangen, so groß, dass sie versucht ist, diese Gerichte offiziell für Tom und Manuel zu kochen, um dann heimlich davon zu essen, bis ihr schlecht würde, wäre da nicht die Tatsache, dass sie so etwas wie Fleischgerichte aus Prinzip nicht mehr machte und eine

Abkehr von diesem Prinzip nur den Verdacht auf Franziska lenken würde, Tom war da scharfsinnig, er wartete nur darauf, dass sie wieder rückfällig wurde und endlich wieder Fleisch ins Haus kam, gekochtes und gebratenes, manchmal wünscht sich nicht nur Franziska ihr altes Ich zurück, als sie noch rauchte, Fleisch aß und unbequeme Push-up Bhs bei den großen Textilketten einkaufte; aber man konnte sich das nicht aussuchen, ob man ein Gewissen hat oder nicht, und sie findet gar nicht, dass sie eine kleine Ökoterroristin ist, wie Tom manchmal halb im Spaß zu ihr sagt, aber eben nur halb, die andere Hälfte wird schon ernst sein, dabei darf er doch alles haben, was ein Konsumlemming braucht, ein neues Auto, ein Einfamilienhaus, Fleischkost in der Kantine und in den feinen Restaurants, in denen er mittagessen geht und immer öfter auch abendessen, sie bestimmt doch nur in ihrem kleinen Muttiversum das nachhaltige Konsumverhalten für sich und Manuel, das Essen, Kleidung und alle übrigen Haushalts- und Kinderwaren, und wenn es ihm nicht passt, soll er selber einkaufen gehen.
Sie wartet, bis die Massen abgespeist sind, dann geht sie einmal auf und ab, der Veganismus hat sie von der Qual der Wahl befreit, drei Beilagen kommen in Frage, die werden auch gegessen, sie weiß nicht, wie lange sie das durchhält und ob es nicht reichen muss, vegetarisch oder flexitarisch zu leben, sie denkt daran, wie ihre Mutter gekocht hat, all die Zeit und Liebe hat sie in die Mittag- und Abendessen hineingekocht, in neue Rezepte, in Currys, als noch keiner Curry aß, Franziska war nie bewusst gewesen, was für ein Privileg es ist, gut, wenn auch politisch unkorrekt bekocht zu werden, wie schade, dass davon nichts an sie vererbt wurde, weder das liebevolle Tischdecken, noch das persönliche Erfüllen von Spezialwünschen; all das ging in ihrer großen Lustlosigkeit verloren.

Sie stochert in den Bratkartoffeln herum, Herr und Frau Gegenüber gehen direkt von der Terrasse zum Buffet, und da ist ja auch dieser Kollege von Tom, der sich bei einer Verabschiedung nach einem Firmenjubiläum am Semmering einmal so distanzlos an sie gedrückt hat, sie hat seine Brustmuskeln gespürt und vielleicht auch eine Erektion, aber da ist sie sich nicht so sicher, vielleicht war es auch ein Hüftknochen oder ein Autoschlüssel, wahrscheinlich hat sie sich das nur eingebildet, doch sie wäre am liebsten mit ihm mitgegangen, damals, ihm nachgegangen ins Hotelzimmer, etwas Animalisches wäre gut gewesen, etwas, was Franziska ihr ganzes Leben lang nie gemacht hat, sie nippt an ihrem Bellini, man müsste sich hingeben können ohne die geringste Vernunft, man müsste sich dem Rückenmark und dem Hypothalamus überantworten, aber das war dann doch nichts für sie, sie bekam gewiss wieder nur schlechten Sex und irgendeine Peinlichkeit dazu, wenn das tierische Moment vorbei war und der Intellekt sich wieder einschaltete, das hat sich ja auch bei Jakob bestätigt. Man müsste sich intellektuell selbst befriedigen können, sich in sich selbst verlieben und sich selbst anhimmeln, man müsste sich täglich den schönsten Alltag servieren können, ohne jemanden dazu zu brauchen, kein Mann und kein Kind, vielleicht ist es wirklich die Arbeit, mit der man langfristig die glücklichste Verbindung eingehen kann, sie sieht Tom in sich hineinstrahlen, Franziska denkt an die Angebote des Institutes, die sie abgelehnt hat, die Forschungsstelle in London, den lukrativen Kartierungsauftrag in der Schweiz, sie hätte eine schöne Spätpubertät haben können, in Gummistiefeln oder weißem Arbeitsmantel, und stattdessen hat sie sich die Zebrafische und Tom ausgesucht.

Tom redet und redet, sie kann das Glück spüren, das in ihm zirkuliert, wie es aus ihm herauswabert, für sie ist auch noch genug da, man kann, ja man muss sich das Glück teilen, Herr und Frau Gegenüber zeigen es vor, wie sie sich abschnäbeln, zwei Wellensittiche, und das trotz, wie sie erfahren hat, zweier

Kinder, oder wegen der beiden Kinder, warum sollte das nicht bei uns auch gehen, denkt Franziska, und später, als die Weinverkostung vorbei ist und alle dem Anlass angemessen betrunken sind, hat sie sich vollends einlullen lassen, von der Musik und dem Bellini und dem Chardonnay, sogar der charmante Kollege von damals hat sich wieder neben ihr eingefunden, aber diesmal kommt es zu keiner Umarmung, vielleicht beschützt sie Toms Erfolg, sie ist beglückwünscht worden, vom Geschäftsführer und der Chefin, das Gefühl, eine erfolgreiche Ehefrau zu sein, berauscht sie, sie ist mitbefördert, mitausgezeichnet worden, sie wünscht sich, sie könnte sich nicht nur ausnahmsweise diese Situation, in die sie sich hineingelebt haben, schönreden, so wie heute, sondern auf eine dauerhafte Weise akzeptieren, dass es ihnen gut geht, eine Familie ist eben mehr als die Summe ihrer Teile, und man kann alles so oder so sehen, oder?
Tom hat etwas zu viel getrunken, um noch zu fahren, aber auch das macht ihr heute nichts aus, sie ist berauscht von der kalten Nacht im warmen Auto, in so einer Nacht gibt es weder Polizeikontrollen noch Autounfälle, und sie legt den Kopf in den Nacken und sieht durch das Wassertropfenmuster auf dem Glasdach des neuen Audi die Nebeldecke und die Straßenbahnoberleitungen über sich wegziehen, Tom dreht die Musik ganz laut, natürlich muss sie auch noch etwas sagen, abschließend, sie hat noch nichts Lobendes über die Beförderung gesagt, der letzte Versuch ist im Streit geendet, Männer wollen immer gelobt werden, für jede einzelne erfüllte Aufgabe, und optimalerweise von allen Beteiligten einzeln, Do I wanna know? fragen die Arctic Monkeys, If this feeling flows both ways? Franziska überlegt, von wem sich Tom schon das Lob geholt hat, von seinen Eltern, von seinen Vorgesetzten und Mitstreitern, von seinen Bekannten sicher auch, nur ihres steht noch aus, muss es unbedingt verbal sein, sie kann das

nicht, ihm sagen wie toll er ist, ohne ihre Hintergrundarbeit mitzuerwähnen, und das läuft dann nur wieder auf einen Streit hinaus, nein, sie wird es nonverbal erledigen, ihm angemessen huldigen, sie wird die aktive, rigorose Liebhaberin abgeben, die Tom so gerne hätte, und sie freut sich richtiggehend darauf, im Bett auf ihm herumzuturnen, Baby we both know, that the nights were mainly made for saying things that you can't say tomorrow day, singen die Arctic Monkeys, oder vielleicht sogar auf der Couch oder der kühlen Arbeitsplatte ihrer Bulthaup-Küche, gut, denkt sie, dass im richtigen Moment das Lied aus ist, das Auto in die Garage fährt, der Himmel hinter der Betondecke verschwindet und Franziska und Tom die Euphorie mit ins Bett nehmen können.

10

Elisabeth

Einladung **Ernst ist** **70** **15.2.2014, 19:00** **beim Heurigen „Regenmacher"** **Weinkirchen** **uawg:** **WHR Ernst und Hilde Maier**

Kurt schließt ab. Ich ginge gerne zu Fuß, sage ich, es wird nicht so lange dauern, sagt Kurt und öffnet den Wagen. Alkohol wird unvermeidlich sein, will ich sagen, aber da sprechen wir von mir und nicht von Kurt, der sich neuerdings beherrschen kann. Erst die Gewichtszunahme nach dem Sommer, dann das Lauftraining und die Ernährungsumstellung, die Gewichtsabnahme, aber der Laufwahn hat sich auf ein mittelmäßig engagiertes, langsames Joggen eingependelt. Ich sehe ihm dabei zu, wie er die Vorzüge der Technik genießt, Servo-Ausparken ohne Verrenkungen, theoretisch mit dem kleinen Finger. Hätten wir unseren alten Audi noch, den man mit ächzenden Reifen aus der scheinbar immer zu kleinen Lücke manövrieren musste, und immer beim Rückwärtsfahren eine saubere Vierteldrehung der Wirbelsäule, heute würde Kurt das wohl gar nicht mehr zusammenbringen, viel zu steif, das Laufen hat es nicht besser gemacht. Die Stadt dunkel und herbstlich, nur hie und da ein Hundebesitzer, der die Stille kreuzt.

Hätte man die Heurigen nicht, wo würde man feiern. Der erste Siebziger im Freundeskreis, deprimiert dich das nicht, frage ich Kurt, aber Kurt ist weit davon entfernt, das persönlich zu nehmen. Nein, wieso? Wir haben schon eingeparkt, wir sind ausgestiegen und in die Menge eingetaucht und ich bin positiv überrascht, wie sich die Leute gehalten haben, etwas von dieser Jugendlichkeit der nachfolgenden Generationen ist in die früheren Jahrgänge eingesickert, man nimmt den Aperitif an Stehtischchen ein, es ist allerdings kein jugendliches Herumstehen. Ein paar haben sich schon gesetzt, aber es fühlt sich an, als wären die Generationen verschoben, denn hier steht meine Elterngeneration, und dass Mutter und Vater tot sind, kann doch nur ein Missverständnis sein, etwas wurde verpatzt, wenn Hofrat Maier und seine Gattin noch gar nicht tattrig wirken und es so aussieht, als wären immer noch ein paar gute Jahre drin. Hofrat Maier, der einmal ein ewig verpickelter Stefan war, bevor er in den pragmatisierten Landesdienst eingetreten ist und als wirklicher Hofrat mit 62 in den wohlverdienten Ruhestand getreten ist, erholt sich nun schon seit acht Jahren von seinem anstrengenden Berufsleben. Man kennt sich von früher, man kennt ihn aus der Bezirkszeitung, wo er sich in seiner Funktion als Mandatar im Gemeinderat oft zu Wort gemeldet und nichts gesagt hat, an das man sich erinnern könnte.
Mutter hätte den Sekt Orange verschmäht und flüsternd nach purem Sekt verlangt; Vater hätte Bier bestellt, ich schüttle ein paar trockene Hände und muss mich dazwischen kurz zurückziehen und am Klo zur Ruhe kommen, weil es in diesen Momenten nicht wahr sein kann, dass alles ohne Eltern weitergehen konnte, ich frage mich, wie ich das die letzten vier Jahre

geschafft habe, und da kommt der Gedanke, dass kaum ein Gast unter 60 ist, dass ich nicht alleine bin und das Totsein der Eltern zu dieser Lebensphase dazugehört wie das Enkelkinder-Haben.

Die Teller sind noch nicht alle abserviert, das große Zahnstochern nach den Rindfleischfasern ist im Gange, da kommt schon die erste Rede, sie ist kurz und endet mit der Übergabe eines Wanderrucksacks, der originell gefüllt wurde, keine Frage: digital erstelltes Fotoalbum, Müsliriegel, Blasenpflaster, Geschmacklosigkeiten wie Viagra, Pirellikalender und Faltencremen sind für die Geburtstage unter 69 reserviert. Als nächstes der Jubilar selbst, der sich bedankt und den Festredner ankündigt, der sich erhebt, aufplustert und mittels strengem Rundblick absolute Aufmerksamkeit einmahnt. Kleine Kärtchen hält er in der Hand, wie ein Fernsehmoderator. Er beginnt mit der Kindheit in den Dreißigerjahren, die Entbehrungen, dann die Lücke, der Krieg, und dann geht es weiter mit der Nachkriegszeit und deren Entbehrungen, die Entbehrungen darf man nie aus den Augen lassen, sie wurden immer am Rücken mitgetragen, die Rede verwebt seine eigene Jugend mit hinein, jetzt, Ende der Vierzigerjahre, werden sie endlich Freunde, er und der Jubilar, und die Biografie des Festredners unterwandert die des Jubilars, es soll ein Porträt der Generation werden, aber der Fokus zielt am Jubilar vorbei, was für eine Selbstverliebtheit, Doktortitel und Auszeichnungen schmeicheln sich in die Rede, bis die Biografie des Festredners die Rede dominiert und der Jubilar nur mehr Trägermaterial geworden ist für die Eitelkeit eines alten Mannes.
Hofrat Maier juckt das wenig, mit versteinertem Lächeln sonnt er sich in seiner Leistung, 70 Jahre alt geworden zu sein, auch seine Frau lächelt, aber ihr Lächeln stellt sich selbst in den Hintergrund. Mir wäre das peinlich.

Mit 50 wurde noch getanzt, nicht sehr engagiert, aber doch, man konnte die Jugend der 40er noch spüren, die Kinder waren gerade erst flügge geworden und schämten sich für ihre tanzenden Alten. Mit 60 ist wirklich das letzte Molekül Jugendlichkeit raus, Kurts Fest war eine sitzende Version des Festes davor, auch wenn es mehr kostete, die Feste wurden immer teurer und immer langweiliger.
Die Rede neigt sich dem Ende zu, jetzt wird die berufliche Klimax in ihre Einzelteile zerlegt, die wichtigsten Entscheidungen, die Beförderungen, und natürlich wieder die Verschränkung mit dem eigenen Geleisteten, geschickt macht er das, wie eine bunte Strähne in ein Zöpfchen eingeflochten wird, so dekorativ und dezent verwebt er sein Ego in die Rede, eine Kunst ist das, grausig, was alles passiert, wenn einem ehemaligen Platzhirsch erst das sexuelle Selbstverständnis abhanden kommt und dann das berufliche, da müssen Philosophie herhalten und Kunstgeschichte, Zitatebücher werden auswendig gelernt, da wird den Jungen das Wort abgeschnitten, die Sessel werden unter den Hintern weggezogen, überall, wo es nur geht, machen sie sich breit, auf der Universität und in den wohltätigen Gremien, am Buchmarkt, auf den Bühnen und Podien der lokalen Kulturszenen, alles sauer gewordene Männlichkeit.

Etwas fehlt in natura und auch in der Rede des Festredners: Hofrat Maiers Kinder. Zwei waren es doch immer, eine Tochter und ein Sohn, beide ein paar Jahre älter als Franziska und Elias. Es müsste auch schon Enkelkinder geben. Wie ein großer weißer Elefant steht ihre Absenz mitten im Raum. Gab es einen Unfall, eine Krankheit? Davon wüsste man. Die Schreckgespenster Unfall, Kindersterben und Behinderungen, ja Homosexualität überdauern mehrere Generationen im Tratsch einer kleinen Stadt, davon wüsste ich. Bleibt also nur

mehr der Bruch mit den Eltern, der ja meistens von den Kindern ausgeht.
Vielleicht ist der Sohn in die Staaten ausgewandert, oder nach Russland. Söhne machen so etwas. Töchter nicht, zumindest nicht auf Dauer. Viele kommen zurück, wenn sie sesshaft werden und Kinder haben wollen, suchen die Nähe der Mutter wieder, es gibt ihnen Sicherheit im Chaos der Fortpflanzung. Der Nestgeruch treibt sie heim. Warum haben die Maiers keinen Kontakt mehr zu ihrer Tochter? Ist etwas mit dem Enkelkind vorgefallen? Mütter mäkeln an ihren Kindern und Schwiegerkindern herum, man muss sich auf die Zunge beißen können. Ein paar Mal habe ich vorsichtig versucht, Franziska darauf hinzuweisen, dass sie Manuel zu oft stillte, oder, später dann, dass sie zu streng mit ihm sei, wenn er trotzte, und irgendwann, als er zwei war und ich etwas wegen des Schnullers sagte, hob Franziska Manuel abrupt auf, drückte ihn an sich und sagte über die Schulter des Kleinen: Wenn du nicht damit aufhörst, komme ich nie mehr zu euch. So einfach und abrupt werden sie also erwachsen, dass sie sich ein Leben ohne dich vorstellen können, dass du einfach ausgedient hast – und das hast du ja tatsächlich, wenn du nicht in die Pflicht genommen wirst. Franziska hat nie gefragt, ob ich auf Manuel aufpassen könnte; dabei hätte ich mich danach gesehnt, das Kind zu sehen, sie zu unterstützen, ein paar Nachmittage hätte ich mich freigemacht, aber sie sagte nur: Das tue ich dir nicht an.

Man muss vorsichtig sein. Hat Hofrat Maiers Tochter vielleicht keine Kinder und sich beruflich im Ausland verwirklicht? So wie Franziska vor ihrer Dissertation? Die Ungleichverteilung von Sorge und Angst auf Sohn und Tochter. Bei Elias: Erleichterung, als er endlich sein Moped gegen ein Auto mit Airbag eintauschte. Bei Franziska: große Erleichterung, als sie Tom mit nach Hause gebracht hat, nachdem sie sich so unglücklich jahrelang in Ralph verheddert hatte, und dann, nachdem sie endlich Schluß gemacht und auf dieses Schiff in der Antarktis verschwunden war, als müsse sie sich in der Kälte des Südpols läutern; nicht, ohne mich zu belehren, ich solle mir keine Sorgen machen, jeder Trottel, der es sich leisten könne, würde schon in der Antarktis segeln, zum Spaß. Und die Humboldt sei ein Forschungsschiff, das schon das sechste Jahr in Folge in See stach, und sie überquere ja nicht den Südpol zu Fuß. Ich war mir damals sicher, dass sie sich zu Tode fürchtete, ich sah die zehnjährige Franziska in Kroatien vor mir, wie sie mit Schnorchel und Taucherbrille den Sandboden im Flachwasser durchwühlte, bis sie der Giftstachel eines Petermännchens zur Vernunft brachte, und sie von da an ihre Erkundungen von der Uferzone aus machte. Die nie von einem Boot aus ins Meer gesprungen ist; immer im Zwiespalt zwischen der Angst vor der Bodenlosigkeit des Meeres und dem Forscherdrang, einen Seestern oder eine Seegurke heraufzutauchen. Ich ertrug ihre unfreundlichen Beteuerungen als Versuche, sich die Angst schön zu reden. Die drei Monate Abenteuer schienen ihr gereicht zu haben; sie kam rosig und euphorisch zurück, man konnte sich ausmalen, wie sie mühsam Teil der Crew geworden war, mit ihrer sperrigen Art, aber so ein Schiff ist klein, und nach ein paar Wochen Isolation vom Rest der Welt ist man gewiss nicht wählerisch. Das nächste, was sie uns aus ihrem Leben wissen ließ, war, dass sie ihre Dissertation begann, und danach kam gleich Tom.

Kraftwerke könnte man mit diesem Selbstvertrauen des Festredners antreiben. Man müsste ihn unterbrechen und fragen: Was ist denn nun mit den wirklich wichtigen Dingen des Herrn wirklichen Hofrats, wie haben Herr oder Frau Hofrat es geschafft, die Tochter dermaßen zu vergraulen, dass sie nicht einmal zum Siebziger erscheint, und wie steht's mit Enkelkindern?

Nach salbungsvollen Schlussworten endlich der Applaus. Elisabeth versucht, langsamer zu trinken, was nicht einfach ist. Sie sieht sich ein bisschen um, wie konnte das passieren, dass sie hier hingesetzt wurden? Kurt amüsiert sich mit dem ehemaligen Arzt, der jetzt Bücher schreibt, wo sind die Frauen hin, mit denen sie sich in den letzten zwanzig Jahren bei solchen Festen ganz gut unterhalten hat, sie durchsucht die Menge, blieben die daheim, wurden sie geschieden oder sind sie gestorben? Haben sie sich so verändert oder habe ich vergessen, wie sie aussehen? Sie hört Kurt beim Reden zu und lächelt gerade genug, dass die Mundwinkel nicht hängen, sie lächelt gegen die Schwerkraft und die Gewebserschlaffung an, die Frau des ehemaligen Arztes, der jetzt Bücher schreibt, lächelt genauso faltenausgleichend, ein Spiegelbild der gut beherrschten Langeweile. Jetzt kommen die Torten, es werden immer mehr, früher gab es eine Torte, jetzt gibt es ein Tortenbuffet, wenn wenigstens Kinder da wären, in diesem Alter darf man doch eh nicht mehr so viel und spät Süßes essen, aber ich habe mich geirrt, da wird schon zum Buffet gewackelt, so ein Geburtstag ist doch nichts anderes als eine Partitur des Essens, ich schließe mich an, Topfentorte, Schokoladetorte, eine rosa glasierte, obszön an einen Busen oder an eine einsame Arschbacke erinnernde Halbkugel aus Punschmasse, Brandteigkrapfen, hier wurde zweifellos um die Wette gebacken. Sich ein Stück nach dem anderen hineinstopfen zu dürfen, einmal so lange fressen, bis mir schlecht wird, und nicht immer das Reduktionsprogramm fahren, kleine Portionen, leichte Speisen, Edith war so eine, die alles essen konnte und nie dick wurde, im Gegenteil, sie hatte eine Art, sich seufzend in ihre kleinen Brüste zu zwicken und zu sagen: wenn doch endlich ein bisschen etwas anwüchse. Vor mir eine, die zwei Tortenstücke auf den Teller schlichtet. Sie trägt grotesk hohe, cremefarbene Lackschuhe und einen pfirsichfarbenen Kaftan, der ihren Körper wie eine mobile Um-

kleidekabine umhüllt. Ich würde es, wenn ich schon dick wäre, konsequent anlegen: ich würde alles aufgeben, das Trainieren und Haarefärben, das ständige Achtgeben, das Gesund-Leben, das Ansehnlich-bleiben-Wollen. Mich einfach fettfressen und nur mehr wallende Zelte tragen, eine Kurzhaarfrisur, wieder zu rauchen beginnen, eine schmucklose Hornbrille.
Nicht so halbentschlossen wie die Frau in Pfirsich; als die zu ihrem Platz geht, bewegt sich kein Haar ihrer toupierten Frisur. Ich versenke das Messer in die Topfentorte und schneide ein hauchdünnes Stück herunter. Es sind leblose Feste, wenn keine Jungen und keine Kinder dabei sind. Wenn niemand mehr raucht, lärmt und nichts mehr kaputt gehen darf. Hie und da kläffen sich vielleicht zwei Hunde an. Wie ich wohl meinen 60er feiern werde. Wenn ich meinen 60er feiern werde. Es müsste ein Fest sein mit Kindern, einer Gesangseinlage, und schön wäre ein Gartenfest, bei dem nicht so eine Kantinen-Atmosphäre entstehen kann. Ich müsste einen Ehemann haben, der mir und sich ein komfortables Fahrrad kauft, ohne Elektromotor, wir hätten dann beide ein Radgewand im Partnerlook und könnten endlich durch Deutschland radeln, bis Rügen, und alles, was wir bräuchten, passte in ein kleines, wasserfestes Satteltäschchen.
Eine Gartenfeier im Dezember wird nächstes Jahr nicht leichter als die letzten 59 Male, nur einmal haben wir in Thailand am Strand gefeiert, aber so etwas erscheint mir nicht mehr machbar, warum eigentlich nicht. Am liebsten wäre mir gewesen, mit Edith zu feiern, in der Wachau, oder in der Südsteiermark, oder in Rom, irgendwo, wo mit schwarzem Humor und Weißwein das Schlimmste abgewendet würde. Es passt also nichts, weder der Zeitpunkt noch die Begleitung.
Die Torte macht mich schläfrig, nicht nur mich, um mich herum werden die Augenlider schwer, lauter Halbtote, da kommt schon der Kaffee, mit oder ohne Koffein? Ob ich in zehn Jah-

ren auch so müde und lustlos sein werde? Ob ich es schon bin? Es gab eine Zeit, da freute ich mich ein bisschen aufs Altsein. Mit Edith. Wir witzelten, wie wir backen würden und uns mit dem Rollator durch die Küche bewegen. Und wie wir uns dazwischen halb daraufsetzen würden und einen Cognac trinken. Oder einen Magenbitter. Wie wir wieder mit dem Rauchen beginnen würden, nicht heimlich, weil wir ausgedient hätten in der Funktion, unseren Enkelkindern ein gutes Beispiel abzugeben. Wahnsinnig traurig werde ich bei dem Gedanken.
Kurt isst nichts Süßes. Er trinkt auch keinen Kaffee. Langsam und meditativ dreht er sein Weinglas, während er sich mit seinem Gegenüber über die Wahlergebnisse der letzten Gemeinderatswahlen unterhält. Seine Hände sind rauer geworden in den letzten Wochen, statt Kurzurlauben, Radtouren und Griechenland hat er ein paar Kleinigkeiten im Haus repariert, und er tut mir ein bisschen leid, weil die Umstellung immer noch nicht abgeschlossen sein kann und so ein langer Tag immer noch hart ist. Aber er hat sich angewöhnt, ins Kaffeehaus frühstücken zu gehen und Zeitung zu lesen, das ist einmal ein guter Anfang. Man muss ihn schon gut kennen, um zu sehen, wie es unter der Schale des zufriedenen Pensionisten arbeitet. Ich lege meine Hand auf seinen Schenkel.

Jetzt wird eine Leinwand heruntergerollt und ein Bild erscheint, ein Standbild mit dem Kinderfoto des Hofrates als Dreijähriger, die Aufmerksamkeit kehrt in die Gäste zurück, Stühle scharren, bis alle eine gute Position haben, und jetzt steht die Frau des Hofrates vor der Leinwand und redet, sie ist keine geübte Rednerin, ihre Stimme bebt und sie sagt, dass es noch eine Überraschung gäbe, dass man sich vielleicht schon gewundert habe, wo die Kinder seien, nun, der Sohn, ein Arzt, sei gerade bei einem Katastropheneinsatz nach einem Erdrutsch auf den Philippinen, und die Tochter habe gestern überraschend drei Wochen vor Termin ihr drittes Kind bekommen, aber es sei ihr gelungen, dank technischer Unterstützung durch einen Cousin einen Videogruß aufzunehmen, den sie jetzt einspielen möchte. Ich sitze ganz ruhig, in meinem vollen Magen beginnt es zu rumoren, und plötzlich erscheint der Sohn auf der Bildfläche, gerötet und verschwitzt im karierten Kurzarmhemd, jemand filmt mit ruhiger Hand, hinter ihm sieht man ein UN-Zelt und ein paar aufgekratzte, schmutzige Kinder, die in die Kamera winken, er wünscht seinem Vater alles Gute und verspricht zu Mutters Geburtstag im April wieder daheim zu sein, ein anerkennendes Raunen geht durch die Menge, es ist nicht besonders einfallsreich, aber das muss es nicht sein, hier haben die Eltern alles richtig gemacht, niemand verlangt, dass ein Arzt bei einem Katastropheneinsatz Späße macht, und dann kommt der zweite Film, ein Baby wird in die Kamera gehalten und danach gleich wieder in die Arme genommen, die Tochter und die Enkeltochter verdrückt und erschöpft, rechtschaffen, sie sagt ein paar Worte, Warmherziges, auch jetzt Geräusche der Verzückung aus dem Publikum, das Rumoren steigt nach oben, es wird zu einem Drücken in der Kehle, und ich schaue auf den Hofrat, der von hinten ergriffen aussieht und seine Frau umarmt, bestimmt heult er, er erhebt sich und bedankt sich bei seiner Frau, und bevor jetzt das Licht angeht, laufe ich schnell aufs Klo.

11

Franziska

… damit das Warten auf den Osterhasen leichter fällt …

Einladung
zur Osterwerkstatt

!Basteln, Eierbemalen, Strietzelbacken!
!!Meet and Greet mit Riesenküken!!

19. APRIL 2014, 10:00 - 18:00
in der Rother Innenstadt

Zwiebelrostbratengeruch im ganzen Haus, gerade erst die Speckjause absolviert und schon ist die nächste Mahlzeit im Anmarsch, um 18:30 Abendessen in der Stube bei den Schwiegereltern, ein nicht enden wollender Tag nach dem frühmorgendlichen Aufstehen und sechs Stunden mit dem Auto nach Tirol, der Hof liegt auf halber Höhe zwischen Stadt und Berg, Manuel schläft erschöpft im Doppelbett, das Zimmer ist eines der Fremdenzimmer, die im ehemaligen Nebengebäude untergebracht sind, welcher Gast soll sich hierher verirren, fragt sich Franziska, sie ist froh, dass der Hof nicht im Tal liegt, der Inn ist ihr unheimlich, man sieht ihn von hier aus, wie er zwischen die Bergketten gepresst dahinjagt, das Wasser in blassgrünem Grau, nicht wie die Donau, die ja auch als Gebirgsfluss klassifiziert wird, die sich aber in gemächlichem Braunton nach Osten wälzt, sie muss sich überwinden, Tirol zu mögen, viele

Tiroler hat sie nicht kennengelernt, außer Toms Verwandtschaft und dem leptosomen Tierarzt, den er ihr hartnäckig als ältesten Freund kredenzt, Franziska bezweifelt, dass man mit so wenig Kontakt eine Freundschaft aufrechterhalten kann, war es nicht ein nostalgisches, obsolet gewordenes Ritual, sich in der Heimat bei ein paar Bier während der Weihnachts- und Osterfeiertage in das immerselbe Wirtshaus zurückzuziehen, aber vielleicht kommt so eine sparsam gepflegte Tiroler Männerfreundschaft ohne Geschwätzigkeit aus, ohne telefonische Updates, nur die wichtigsten Eckpunkte – Geburten, Hochzeiten, Todesfälle – per Post.

Franziska ärgert sich, erst wird sie abkommandiert zum Mittagessen ins heilige Land, dann sitzt sie mit Manuel und den zwei Schwägerinnen, der Schwiegermutter und den Kindern bis in den Nachmittag hinein um den riesigen, speckigen Ecktisch, den ganzen Tag wird feiertagsspezifisch geratscht und gegessen, Nüsse und Kekse zu Weihnachten, Pinzen und Eier zu Ostern, und immer wieder die unvermeidliche Speckjause, die so gar nicht in die Fastenzeit passt, den Osterschinken gibt es erst am Ostersonntag, sie darf nicht fragen, was der Unterschied zwischen Speck und Schinken ist, und ob sie glauben, der Herr Jesus kann nicht zwischen trocken Gepökeltem und gekochtem Geselchtem unterscheiden, sie versucht ohnehin, kaum etwas zu essen, und trotzdem, mit Verstopfung und Blähungen versitzt sie jedesmal die Feiertage eingequetscht zwischen all den Verwandten, sie stehen auf, lassen sie hineinrücken und drinnen sitzen, im Eck rechts unter dem Jesus, der sich über ein paar Palmkätzchen im Nacken freuen darf, eine Art Ehrenplatz, sie bekommt Atemnot von der Enge, die Hüften der Schwägerinnen von beiden Seiten an sie gedrückt, zu viel Familie für den Raum, im Extremfall zehn Erwachsene und vier, bald fünf Kinder, Franziska wird freundlich, aber wie eine Fremde behandelt, wie ein Stammgast in einer Frühstückspension, dem man jedes Jahr dieselben belanglosen Fragen stellen und den man dazwischen getrost vergessen darf, eine feminine Verschwörungsgemeinschaft, ohne die Männer, die sich erst am Abend einfinden, untertags haben die ja ihren Verpflichtungen und Ritualen nachzugehen, der Vater jägergrün im Wald, der eine Bruder im Tal bei der Feuerwehr, der andere bei seiner ehemaligen Studentenverbindung, Toms Brüder, die nach Wien oder München gegangen sind und sich jetzt unter die Einheimischen mischen, als müssten sie dem Vaterland beweisen, dass sie noch nicht jeglichen Anspruch verloren haben, als Tiroler definiert zu werden. Und während recht launig Belanglosigkeiten ausgetauscht werden und intensiv über Menschen geredet wird, die Franziska – obwohl sie mit ermüdender Regelmäßigkeit durchgekaut werden – nicht kennt, braute sich nach dem Mittagessen bei den Kindern etwas zusammen und entlud sich dann beim Kaffee in einem von Manuels Wutausbrüchen, weil ihn die widerlichen Zwillinge geschickt und unbemerkt bis aufs Blut gereizt haben, der Constantin hat Arschloch zu mir gesagt, die Isabell hat mich gezwickt, Franziskas nicht sehr überzeugende Beschwichtigungsversuche, das hat er nicht so gemeint, das hat sie nicht absichtlich gemacht, die das Kind nur noch mehr in Rage brachten, weil Manuel fühlen konnte, dass ihr genau das Gegenteil auf der Zunge lag, ja, der niederträchtige Scheißer meint das auch so, hätte sie am liebsten gesagt, und die Isabell ist einfach ein hinterfotziger Krampen, und von mir aus darfst du beide gerne verprügeln, und sie wäre gerne aufgesprungen aus ihrer Eckbank-Beengtheit, einfach nur, damit sie alle aufstehen müssen, um sie herauszulassen, wie im Theater hätte sie sich vorbeipressen und ihnen die Sicht verstellen können auf den tobenden und mit seinen speckigen Fäustchen prügelnden Manuel, der ihre Unterstützung brauchen hätte können, Tirol gegen Nieder-

österreich, und wie gerne sie die beiden Fratzen an den Ohren gezogen hätte, jedes Kind an einem Ohr, und wie sie sie gerne angebrüllt hätte, aus geringster Distanz, mit Spuckeregen, und ihnen ihre Überheblichkeit zumindest für ein paar Schrecksekunden ausgetrieben.
Stattdessen ist sie aufgestanden, hat die lange Fahrt und die ungewohnte Umgebung ins Treffen geführt, und die Schwiegermutter machte dazu ihr Schwiegergesicht, so nennt es Franziska heimlich, dann hebt sie leicht das Kinn und zieht gleichzeitig die Lippen ein, meist, wenn Manuel ausfällig wird, ihr Gebiss wölbt sich dann für eine Sekunde lippenlos, wie der Oberkiefer eines Schimpansen beim Drohstarren, und mit einem kleinen Schmatzen schnalzen die Lippen wieder hervor, Franziska kennt diese Geste, sie ist das einzige, was geblieben ist von den früheren Disputen über Kinderbetreuung und Taufzwang, es ist ein nach innen gerichteter Kommentar über Franziskas Schuld, dass Manuel viel zu früh in eine Kinderkrippe gesteckt worden sei, mit einem Jahr schon, das hat ihn aggressiv gemacht, genau genommen war Manuel erst neun Monate alt gewesen, aber die drei Monate Tagesmutter vor der Kinderkrippe hat sie ihrer Schwiegermutter unterschlagen, das Wort Tagesmutter wäre zu viel für sie gewesen.

Sie hat sich für die versöhnliche Linie entschieden, sie tut es für Tom, der sonst leiden müsste, sie selbst würde die Feiertage lieber daheim verbringen, mit Manuel Disney-Filme ansehen, Schokoladeeier in sich hineinstopfen und sie mit langen Läufen und Yoga im Keller abarbeiten, aber sie hat ihre Strategie, Rückzug zum Beispiel, Manuel ist erstaunlich schnell eingeschlafen, es ist empfindlich kühl im Zimmer, Franziska schließt das Fenster leise, zieht die Vorhänge zu, es sind rotgemusterte Vorhänge aus grobem, waschbarem Stoff, sie fährt das Karomuster mit dem Finger nach, es muss nicht gemütlich sein, sauber muss es sein, praktisch, sie späht durch den Spalt zwischen den Vorhängen, fast das ganze Jahr über hat man die Schneegrenze direkt vor der Nase, sie wandert auf und ab wie ein Tidenhub, es kann jederzeit Winter werden und man kann nie den Blick davon abwenden, sie ist froh, dass Tom im Flachland heimisch geworden ist, aber sie weiß, das ist nicht Toms Anpassungsbereitschaft, sondern der hoffnungslose Arbeitsmarkt, der ihn nach Osten verschoben hat, er hätte Herrgottschnitzer oder Hotelier werden können, nichts hätte ihn in die Nähe von Wien gezogen, nicht einmal sie.

Am Abend wird es besser werden, wenn die Männer wieder da sind und auch Toms Schwester mit dem Sohn, mit dem sich Manuel ganz gut versteht, ein feingliedriger, kaffeehäutiger Beau mit halblangen Haaren, der auch so ein Kinder-Tirolerisch spricht, das man so gerne zu Ferienzeiten und vor Weihnachten in den Radios zu Wort kommen lässt, um die Stimmung anzuheizen, da hilft ein Tiroler- oder Kärntnerstimmchen eben zehnmal besser als das eines kleinen Wiener- oder Niederösterreicherkindes, Franziska fühlt sich eingekesselt von der harten Sprache und den Gipfeln der Nordkette, und sie erträgt die Abwesenheit Toms, der hier Thomas heißt, sehr schlecht. Aber zwei Nächte und zwei Tage, das ist auszuhalten, und sie freut sich auch auf Toms Großvater, den Uri, ihn mag sie, wie ein Relikt aus der Eiszeit schlurft er von einem Eck der Stube ins andere, als würde er nicht dazugehören, meist ist er in seiner Kammer oder im ehemaligen Stall, im ehemaligen Gerätestadel, mit den Geistern Konferenz halten, sagt er dazu, und Franziska stellt sich vor, wie er über die rostigen Gerippe der Hinterlassenschaften streicht, nach den Spuren von Kuhstallgeruch schnüffelt und leise mit den Toten scherzt, nur manchmal setzt er sich auf die Ofenbank, seine tröstliche Schweigsamkeit, die über den Dingen ruht, über dem vielen Schwatzen und Essen, so etwas gibt es im Osten gar nicht, denkt sie, da wird immer geschrien und politisiert und gesoffen bis zum Herzinfarkt; still sitzen und schauen ist nicht unsere Stärke.

Neben den Uri kann sie sich setzen, dann grinst er sie mit seinem locker sitzenden Gebiss an und vielleicht tätschelt er ihre Hand so, dass sie wieder zusammenzucken wird, weil sie spürt, was ihr so fehlte all die Jahre: ein Großvater, der die Hand tätschelt, mehr braucht es nicht, genauso, wie er es bei Manuel macht, der ganz ruhig wird in seiner Gegenwart, der Uri, der schon ein halber Geist ist, sagt Tom gerne, der hat sich nichts zu Schulden kommen lassen, nicht einmal im Krieg, angeblich, und er hat zu nichts eine Meinung, denkt Franziska, wenn man neben ihm sitzt, strahlt dieses Gefühl auf einen ab, wie hinter einem Schutzschild kann sie sich da verstecken, vor den stummen Fragen der Schwiegermutter, denn das laute Fragen hat Tom ihr schon verboten, in einem Zwiegespräch, bei dem sie nicht dabei sein durfte.

Sie zieht den Vorhang ein bisschen zur Seite und öffnet wieder das Fenster, die Luft ist gut, kühl und süß, seit der Zeit auf der Humboldt findet sie jede salzlose Landluft süß und harmlos, ihre Hände legt sie auf das knochige Rückgrat des Heizkörpers, der eine tröstliche Wärme abgibt, noch gibt es keine Fliegen, man glaubt, Schnee riechen zu können, und sie wünscht sich, der Föhn würde durch das Inntal brausen, den Wolkenfilz aufreißen und den Frühling vor sich her jagen, den letzten Schnee in den höheren Lagen wegschmelzen und die nassen Wiesen auftrocknen, sie wünscht sich einen Zeitraffer und ein bisschen Sonne, in die sie ihr Gesicht halten könnte, das blass und pickelig ist nach dem Winter, der hinter ihr liegt wie ein langer, finsterer Schlauch, durch den sie sich die letzten Monate Zentimeter für Zentimeter, Tag für Tag robben hatten müssen, es war bestimmt die richtige Entscheidung, sie fühlt sich immer noch ausgekratzt und wundgeschabt, sie hat aber schon wieder ihre Regel bekommen, doch es ist nicht mehr dieselbe Gebärmutter, es ist ein Schauplatz geworden, ein Tatort, sie liest immer noch in den Foren, in denen sie gleich Schutz gesucht hat, nachdem die Pränataldiagnose über sie hereingebrochen ist, erst die eine Auffälligkeit und dann die nächste, sie verfolgt immer noch die wöchentlichen Einträge der Frauen, die bis zum Ende durchhalten und dann ihre toten Kinder gebären, die Zysten im Kopf haben, erdbeerförmige Köpfe, Hufeisennieren, zu viele Finger und Tintenlöscherfüße, es war nicht in Frage gekommen für sie, das Wort Tintenlöscherfüße treibt gleich den Tränenfluss wieder an, aber sie weiß jetzt, dass es die Zeit ist und nicht das tote Kind im Stoffwindelchen, die den Prozess abschließen wird, auch das Wort Windelchen tut weh, es sind die bildhaften Bezeichnungen der Missbildungen und die Verkleinerungsformen, die die Tränenkanäle öffnen, sie holt die Argumente wieder ins Boot, immer wieder schwimmen sie davon, wenn man nicht achtsam ist, sitzt man ohne Trost bis zum Hals in Schuldgefühlen, Mörderin, Kindsmörderin, dabei waren die Wahrscheinlichkeiten erdrückend gewesen, die Aussichten mit ganz wenigen Ausnahmen letal, bei Trisomie 18 ging es nur noch um die Entscheidung, wo und wann und wie das Kind sterben würde, im Mutterleib oder heraußen, natürlich oder mittels Schwangerschaftsabbruch, später oder gleich. Eine Entscheidung zwischen Pest und Cholera, hat Tom gesagt, aber Franziska hatte sich nie gefühlt, als hätte sie eine Wahl gehabt, die Gene hatten schon vorentschieden, wenn man eine wissenschaftliche Denkweise einstudiert hatte, sah man einfach diese Verdreifachung des Chromosoms 18 vor sich, eine hilflose Chromosomenspindel, der Tod des Kindes als schlechte Laune von Mutter Natur, und in der 25. Schwangerschaftswoche hatte Franziska Tom auf ihre Seite gerissen und binnen einer Woche war es erledigt, sie hatte

Glück, die Prostaglandintabletten lösten die Wehen aus, die Entbindung dauerte nur kurz, die Beisetzung machten sie ohne Manuel, Franziska wollte keine Ballons steigen lassen und keine Kinderlieder singen, Toms Hand war fest und kalt wie die einer Statue, und auch sie fühlte sich vor dem kleinen Grab verhärten, von innen nach außen, beginnend von den Körperöffnungen über die Schleimhäute weiter den Verdauungsorganen entlang, dann weiter ausstrahlend nach außen, das Herz und die Leber und zuletzt die Muskeln und die Haut, und als sie das Gräberfeld verließen, war da kein Spalt mehr frei in diesem mächtigen, nussbraun glänzenden Chitinpanzer, in dem sie in ihr neues Leben stakste, sie redeten beide kein einziges Wort, bis Mutter mit Manuel kam, Mitleid und Sorge im Gesicht, aber Franziska winkte ab und schob sie nach einer schnellen Umarmung aus der Tür.

Manchmal noch möchte sie Tom fragen, ob es richtig war, sie hätte sich eine abschließende Bestätigung gewünscht, aber Tom ist in einem anderen Boot, das davongetrieben wurde wie der Fötus. Was bleibt, ist endlich Schweigen; und darüber eine hauchdünne Haut der Erleichterung.

Es macht etwas mit den Leuten, die Berge mit ihren katastrophalen Optionen dauernd vor Augen, Lawinen, Muren, erfrierende, in den Tod stürzende Menschen, es hat nichts mit der Einengung der Horizonte zu tun, wie oft behauptet wird, sondern mit der Boshaftigkeit des Berglandes, die sich einem überhängend entgegenneigt. Franziska schüttelt sich, wenn man zu lange hier ist, trägt man die Berge im Kopf und auf der Zunge spazieren, Franziska legt sich zu Manuel, ein bisschen die Augen schließen, sie sieht sich von oben, wie sie sich fast bescheiden neben den ausladend daliegenden Manuel drapiert, in Seitenlage, wie eine Cashew-Nuss, wie ein Shrimp, sie heult lautlos in die Stille hinein, wenn sie Manuel neben sich hat, ist es besser, das leise Weinen also eine Übung, wie Kniebeugen oder Situps, sie würde stärker werden, ihre Seele würde Muskeln bilden und neue Sehnen, das Baby wurde nicht größer als 20 cm, ein Gesicht wie eine kleine Faust und winzige, rote Arme und Beine, gar nicht so monströs und abstoßend wie die Bilder, die sie sich im Internet angesehen haben. Sie schließt die Augen, sie sieht das Mädchen mit seinen hübschen Mandelaugen, es schwimmt in der Leere um sie herum, transparent und ruckartig wie ein Krill, und manchmal trägt Franziska den Schatten ihrer Tochter auf dem Rücken; dann ist sie froh, dass das Kind in seinem Fötensarg mit Wollfilz zugedeckt wurde.

Als sie später Manuel weckt, ist der verstört, weil er aus dem tiefsten Schlaf geholt wurde, er hätte sonst nämlich am Abend unendlich viel Kraft, mit den Cousins und Cousinen streiten, auch Manuel muss Opfer bringen, sie hätte gerne, dass er Ostereier bemalt, für die Großeltern, erst schlägt er halbherzig um sich, dann schmiegt er sich an sie, dann windet er sich wieder unwillig aus der Umarmung, dass schon so viel Zwiespalt in einem kleinen Menschen stecken kann, sie verspricht ihm eine Überraschung, wenn er sich jetzt benimmt, wenn er sich jetzt in eine Jacke stecken lässt und mit ihr ins Tal spaziert, darf ich auch ein Eis, sie nickt gegen den Zorn, muss man sein Kind mit Eis bestechen, damit es mit auf einen Ostermarkt geht, ist das nicht so, als würde sie ihn mit einer Süßigkeit zu einer Nachspeise überreden, aber bitte, sie tut es für Manuel, falsch, sie tut es für sich, um diese Wochenendsalami in erträgliche Portionen zu teilen, später werden wir Papa in der Stadt treffen, Manuel signalisiert Bestechungsbereitschaft, also beginnt sie, ihm vorsichtig über den Kopf zu streichen, er schmiegt sich in ihre Hand, es scheint ausgefochten zu sein, zieh deine Gummistiefel an, sagt sie, und er ist jetzt richtig gut gelaunt, nimmt sie an der Hand und zieht sie den Gang entlang, die Treppe hinunter, sie marschieren die Serpentinen hinab, nehmen schlammige Abkürzungen durch tropfnasse Büsche mit noch ganz kleinen Blättern, und die Konzentration auf das Rutschen und die Wegsuche tun ihr gut, sie spürt, es ist wieder ein kleiner Muskel dazugewachsen, und es ist Manuels Verdienst, weil er ihr ganz nahe ist und sie ihm jetzt sogar ein paar Primeln zeigen kann. In der Innenstadt setzt sich Manuel gleich ganz vertrauensselig zu einer Jugendlichen auf eine der Bierbänke und beginnt, Plastikeier zu marmorieren, Franziska ist froh, dass er nicht malen muss, ihrer beider Zufriedenheit ist eine labile Angelegenheit, sie hält sich im Hintergrund, da sind ja auch die Riesenküken, die auf den Plakaten angekündigt wurden, ganz in gelbem Zottelfell stapfen sie durch die Stadt und verteilen Ostereier und Feuerzeuge, auf beidem der Aufdruck des Parteiemblems der Stadtregierung, die Gesichter der Menschen unter dem Kükenkostüm kaum wahrnehmbar durch den Sehschlitz in der Mitte des Schnabels, und die orangen Überschuhe aus Plüsch haben sich schon mit Wasser vollgesogen, Franziska hat Mitleid mit den Studenten, die darunter stecken, so eine Arbeit machen nur Studenten, schweißgetränkt in ihren Kunststoffverkleidungen, mit wahrscheinlich eiskalten Füßen, aber Manuels Aufmerksamkeitsspanne ist schon wieder vorbei, er erinnert sich an das versprochene Eis, sie finden sogar einen Eissalon, der offen ist, wenngleich nicht geheizt, immerhin ist die Rückwand mit einer Palmenstrand-Tapete verziert, und obwohl Manuel eiskalte Hände hat, kauft sie ihm einen Becher Eisspaghetti, über die er sich grinsend hermacht, er lässt sie sogar ein bisschen mit ihrem winzigen Mokkalöffel mitnaschen, sie schickt ein SMS an Tom, wo bist du?, und postwendend die Antwort: ich bin überall – und lass dem Kind sein Eis, sie sieht sich verdutzt um und da stehen Tom und sein Tiroler, sie lachen wiehernd und begrüßen sie überschwänglich, und auch wenn die Männer nach Bier und

Rauch riechen, wie sie von den beiden umarmt wird, ist wohltuend, sie bestellt schnell ein Bier, um dieses Gefühl noch zu stützen, um mithalten zu können, so lange Manuel noch mit dem Eis beschäftigt ist, die beiden Männer sehen gut aus, gerötete Wangen, wahrscheinlich wegen des Rauchverbots in den Lokalen, die Kälte zeichnet stärkere Kontraste ins Gesicht, seit dem Rauchverbot sehen die Raucher frischer aus als die Nichtraucher, zumindest im Winter, das Bier wirkt schnell, der Veterinär fragt sie nach ihrer Dissertation, sie wiegt den Kopf, jetzt hat sie Angst, dass weitergefragt wird, dass er eine Anspielung macht, vielleicht doch lieber ein zweites Kind, hm, aber er sagt nichts außer: wird schon werden, und das kann alles heißen, zum Beispiel: das wird doch nie was, oder: das ist mir wurscht. Sie fragt zurück, er hat schon zwei Kinder, und damit ist das Familienthema erledigt, die beiden Männer reden weiter, es geht immer noch um das Berufliche, sie ist ein bisschen außen vor, aber es entspannt sie, nicht zuzuhören, Manuel tut, als würde er alles verstehen, sie stellt sich die Frau des Veterinärs vor, wie sie sich zu Hause mit zwei Kindern durch den österlichen Vorbereitungsmarathon quält, Einkäufe und Osterdekoration, Strietzelbacken, Eierfärben und Osternester für die Kinder herrichten, die Veterinärsfrau, die das Gebot der Traditionen erfüllen muss, die ganze lange Liste der für das Familienglück unverzichtbaren Pflichten, mit der sie auf ihrer Insel alleinegelassen wird, Franziska ist auf einer anderen Insel, sie könnten einander zuwinken, wenn sie die Hände frei hätten, eine riesige gutbürgerliche Inselgruppe der Betulichkeiten und dazwischen die berufstätigen Männer auf sanft schaukelnden, bunten Booten, wie schön das sein muss, um diese Mutter-Kind-Insel herum zu leben, sie abends nach der Arbeit anzusteuern, gefüttert, geliebt und sich fortgepflanzt habend am Morgen wieder in See zu stechen, es wird immer später, Franziska will nichts sagen, aber in einer halben Stunde steht das Essen auf dem Tisch, da wird pünktlich, viel und auf engstem Raum gegessen, mit allen Männern und dem Uri, sie wartet darauf, dass Tom auf die Uhr sieht, dass er Verantwortung übernimmt für ihr rechtzeitiges Erscheinen bei einem Essen seiner Familie, aber das hat er doch an sie delegiert, vor langer Zeit schon, sie ist die Weckuhr, sie ist der nervige Klingelton, sie sieht, dass ihr Bierglas noch halb voll ist, das hysterische Piepsen in ihr, das immer rechtzeitig zum Aufbruch mahnt, weil sie vorsorglich schon zurückgerechnet hat, wie lang alle brauchen und was alles eingepackt werden muss, das Durchexerzieren des Alltags, das nie ohne Gezeter und Gebrüll vonstatten gehen kann, sie nippt an ihrem Bier und sagt, dass sie ja nichts sagen wolle, dass es aber schon spät sei, oder, und Tom springt fast panisch auf, läuft zur Theke zahlen, der Veterinär zieht die Augenbrauen hoch, das ist jetzt also meine Schuld, dass es jetzt so schnell ungemütlich wird, denkt sie, warum sieht Tom nicht auf die Uhr, wenn es so wichtig ist, Tom kommt zurück und hat seine Jacke schon an, Manuel hat Papi nachgemacht und steht auch schon, den Kragen der Jacke schlampig einseitig eingeschlagen, ich kann nicht so schnell trinken, sagt Franziska, der Veterinär verabschiedet sich hastig, sie nippt langsam, Schadenfreude braut sich in ihr zusammen, mein Magen, sagt sie, sie sieht, wie Tom wütend wird, er wartet draußen, sagt er, und Manuel zögert kurz, dann wendet er sich genauso abrupt ab wie Papi und stapft hinaus, sie nippt, zu Ostern geht es um Tod und Wiederauferstehung, zu Weihnachten geht es um Geburt, das passt gut, sie könnte diesen Ort als Pilgerstätte missbrauchen, zwei Mal im Jahr um ihre Tochter trauern und es den Rest des Jahres gut sein lassen, sie nippt wieder, später werden sie bei Tisch sitzen, und irgendwann wird die Schwiegermutter nach Manuel fragen, wie es ihm jetzt denn gehe, und Franziska wird aufbrausen, was sie meine mit jetzt, und sie wird in die Bresche springen für Manuel, der sicherlich kein hyperaktives Kind werde, sie könnte der Schwiegermutter den Mund verbieten, deren größte Sorge die postnatale Beschädigung des Kindes ist, weil die Mutter ihr Kind nicht ordnungsgemäß lieben kann, wenn sie es abschiebt, wegschickt, Franziska könnte aufspringen und schreien, dein Sohn ist es, der sich nicht an die Vereinbarungen hält, 50/50 war ausgemacht, und die Realität liegt bei 90/10, keine Rede von Papamonat oder Karenz, und das liegt nicht daran, dass Tom »richtig« arbeitet und dass Franziska »nur« eine Dissertation schreibt, sondern das liegt auch an der nächtlichen Einsetzbarkeit, am sich Blödstellen, an der fehlenden Parallelbegabung, das Kind zu bespaßen und nebenbei den Haushalt zu erledigen, sie könnte aber auch nichts sagen, einfach aufstehen und sich vielleicht sogar ein bisschen darüber freuen, dass sie der Schwiegermutter das mit der Trisomie 18 und dem Schwangerschaftsabbruch unterschlagen hat, dass sie sie um zwei schwergewichtige Argumente gegen Franziska betrügt, erstens genetische Unfähigkeit und zweitens Mord, sie trinkt fast aus, aber wahrscheinlich wird sie sich nach dem Essen wieder nur neben den Uri setzen, dann ist alles gut, dann kann sie in Gedanken davonschwimmen und sich durch das Wochenende atmen. Als sie aufsteht und das Bier leert, fällt ihr Blick auf das Papiernest mit den zwei Plastikeiern darin, wie in einem Rohrschachtest erkennt sie eine Fratze in der Marmorierung, einen Geist, sie lässt die Eier liegen, warum macht ihr das Spaß, ob Manuel danach fragen wird, sie ignoriert diese Pflicht mutwillig, draußen stehen Vater und Sohn, einträchtig übellaunig und frierend zappeln sie herum, und gerade, als sie in eine Art Hochgefühl eintaucht, das sie gar nicht begründet wissen will, spürt sie einen Griff an der Schulter, blickt in die grauen Augen der Kellnerin und danach auf das Nest in deren Hand: Sie haben Ihre Eier vergessen.

12

Elisabeth

Wer im Gedächtnis seiner Lieben lebt,
der ist nicht tot, der ist nur fern.

Cornelia Amalia Ackerl
(geb. Wiesinger)

verstorben am
27. April 2014
im 95. Lebensjahr.

Die feierliche Verabschiedung findet am
Donnerstag, 8. Mai 2014, um 10.00 Uhr
in der Aufbahrungshalle des Bergfriedhofs in Kaiserbad statt.

In dankbarer Erinnerung
Kurt
Sohn

Elisabeth
Schwiegertochter

Franziska und Elias
Enkel

Manuel
Urenkel

Jetzt setz dich schon her, denke ich.

Roswitha ist noch nicht fertig, und helfen darf ich auch nicht. Es ist erst ein Teil hergerichtet. Sie stellt noch Wurst auf den

Tisch und einen dicken Block übereinandergeschichteter Käsescheiben. Immer muss etwas aufgewartet werden in dieser Generation. Sie können das nicht, einfach ein Glas Wasser vor die Nase stellen, jemandem, der gekommen ist, um etwas abzuholen. Erinnerungen abzuholen, die schon lange gewartet haben. Ich rutsche hin und her und warte darauf, dass sie endlich weitermacht. Ich sehe den Käse, kenne seinen Fettanteil und verschränke die Hände ineinander.
Roswitha schlurft zwischen Küchentisch und Kühlschrank hin und her, die Hand läuft zur Sicherheit an der Kante der Arbeitsplatte mit. Ihre Knie sind leicht gebeugt, als sie einen Schritt vor den anderen setzt. Die Beine stecken in so einer Hose, die eigentliche eine Trainingshose mit Gummibund ist, die aber trotzdem eine Bügelfalte hat. Cornelia hatte solche Hosen. In so einer Hose kann man tun, als würde man am normalen Leben noch teilnehmen. Die Bügelfalte wappnet gegen den Vorwurf, man ginge nicht mehr außer Haus. Theoretisch. Praktisch verlässt man es ja wirklich nicht mehr, weil die Schwiegertochter oder die Haushaltshilfe längst das Einkaufen übernommen haben.
Wie sich das anfühlt, wenn man das Knie nicht mehr ganz durchstrecken kann. Nie wieder. Wenn die Knorpel abgerieben sind und Knochen auf Knochen knirschen. Das Alter als langsame Entsaftung. Auflösung alles Elastischen, innen und außen, eine Wüstenwerdung. Ich schlage schnell die Beine übereinander.
Ich möchte sie gleich fragen, ich möchte diese drohende Intimität hinter mich bringen, aber Roswitha hat Zeit, noch viel mehr Zeit als wir Jungpensionisten, zwischen uns passt noch eine ganze Generation, in der alle Fäden, die wir jetzt so gut organisiert zusammenhalten, der Reihe nach losgelassen werden können. Sie hat den Garten aufgegeben und, wenn man streng ist, den Haushalt auch schon. Ich hoffe, dass ich auch

einmal so seelenruhig alt werden und auf den Tod zugehen kann. Man muss es wohl als Ganzes annehmen, das Langsam-Sein und das Unnütz-geworden-Sein, sonst fliegt einem jede Sekunde Vergeudung der Jugend einzeln um die Ohren.
Ab wann kann man anfangen, den Tod nicht mehr zu fürchten? Wird das irgendwann besser? Meinen nächsten Geburtstag nicht zu feiern, wird keine schwierige Entscheidung sein. Das Gefühl, am letzten Drittel einer Wippe festzusitzen und noch ans unterste Ende rutschen zu müssen, ist kein Grund zu feiern. Roswitha soll mir etwas aus Cornelias Jugend und Kindheit erzählen, denn die Grabrede war so nüchtern, dass ich das Gefühl habe, ihr dieses posthume Gespräch mit einer alten Freundin schuldig zu sein. Roswitha weiß vielleicht, was Kurt nicht wusste. Vielleicht kann ich so auch irgendetwas für Kurt tun. Wenn die Mutter stirbt, ist es egal, wie alt man ist; und mit dem Tod der Mutter kommt das Waisenkind-Gefühl. Mir bleibt der Rand der Trauer: die Grabpflege und das schlechte Gewissen, mich nicht zu Lebzeiten mit der Toten auseinandergesetzt zu haben.

Roswitha stellt ein Glas Marmelade auf den Tisch, schwarz gewordene Erdbeeren. Ist es hartherzig, sich zu ekeln? Nur mehr ihre Rückzugsinseln sind geputzt und bewohnbar, die Küche und der Küchentisch und die Ecke mit dem Lehnstuhl vor dem Fernseher. Das Leben hat sich auf kleine Areale zurückgezogen, dort stapeln sich Zeitschriften, aufgeschlagene Kreuzworträtsel, gebrauchte Gläser. Roswitha verwendet keinen Rollator, die Gänge sind schmal und man kann sich anhalten, sagt sie. So lange es so geht, sagt sie.
Der Oberschenkelhals, eine Sollbruchstelle, keine Hexerei heutzutage, hatte der Orthopäde beruhigt, aber den Krankenhauskeimen ist es egal, ob die Patientin in der ersten Klasse oder im Sechsbettzimmer liegt, da können die Hygienepläne

der Spitäler noch so penibel sein, der eine oder andere Keim landet dann doch in der Wunde. Für Cornelia hieß das dann innerhalb weniger Wochen: vom Wundinfekt zum Organversagen.
Sie geht noch ein letztes Mal, bringt eine Tasse Filterkaffee, die Tasse zittert auf der Untertasse, es fällt schwer, keine Hilfe anzubieten. Das Angebot könnte falsch verstanden werden, es könnte als Beleidigung aufgefasst werden oder aber, schlimmer noch, in die andere Richtung losgehen. In die Ausuferung. Erst hilft man mit dem Geschirr, dann bringt man eine Suppe im Tupperwarebehälter, und irgendwann wird man zum Zusammenräumen eingeteilt. Oder zu Schlimmerem.

Das Sterben beginnt schon lange vor dem Tod, es nagt sich von den Rändern des Lebens ins Zentrum vor, es vereinnahmt die Menschen und ihre Häuser. Es riecht hier nach langsamem Verfall, dem nichts entgegengesetzt wird. Nach Pilzen und Mikroorganismen, die Oberhand gewinnen; nach der Feuchte der Mauern, die sich in Bücher hineinsaugt und in Textilien. Ein Blick ins Obergeschoß verrät mir, dass sie die Pflanzen aufgegeben hat. Das muss ein harter Schritt gewesen sein für eine einsame alte Frau, die Pflanzen in Sichtweite verdursten zu lassen.
Kurt und ich werden es einmal besser haben, die Erdgeschoßwohnung ist erprobt, sie hat sich in fast allen Stadien des Sterbens bewährt, die Böden sind geglättet und von Schwellen befreit, Haltegriffe wurden montiert – nur gestorben wurde nicht darin, das hat Cornelia im Krankenhaus erledigt.

Der Kaffee ist erstaunlich stark, ich nippe vorsichtig, Cornelias Begräbnis ist zwei Wochen her, der Todesengel ist sofort ausgezogen, wir haben die Wohnung ausgeräumt, den Rollstuhl in den Keller gestellt, das Pflegebett zurückgegeben, wir haben

gelüftet, die Nahrungsmittel und Tabletten entsorgt und alles putzen lassen. Schon im Wirtshaus wurde auf das neue Leben angestoßen, das in Louisas ausladendem Bauch heranwächst, wenngleich geseufzt wurde, dass Cornelia zwar ihre knochige Hand darauf gelegt hat und ihr ein erschrockenes Lächeln ausgekommen war, dass sie ihr zweites Urenkerl aber nicht mehr hat kennenlernen dürfen.
Wie schnell die Ränder eines Lebens einlaufen, auf den kleinen Grabstein mit seinem Schatten, der sich im Kreis dreht, in den meine Hand taucht, als ich die Kränze gegen Stiefmütterchen ausgetauscht habe, bald werden es ein paar fleißige Lieschen sein, und im Dunst des Spätoktobers werde ich die wohl gegen ein paar Erika oder Föhrenzweige austauschen. Cornelias aristokratische Medizinalratswitwenleiche verwest unterdessen genauso ungerührt wie alle anderen Toten um sie herum. Bei Schokoladentorte und Kaffee haben wir uns gefragt, ob Cornelia sterben wollte. In dem Moment, in dem sie versuchte, aus dem Bett aufzustehen, war vielleicht alles schon entschieden, mutmaßte Franziska. Ich stellte es mir vor: Das Sich-Aufstemmen, das unschlüssige Scharren der Füße. Das Hinuntergleiten der Beine und das Vorneüberkippen, das Zu-Boden-Stürzen, das Operiert-Werden, das Infiziert-Werden, das Versagen der Nieren und der Leber. Doch, es war ihr zuzutrauen, dass sie sogar, was den Tod betrifft, die Agenda an sich gerissen hatte.

Da ist nichts mehr, nur die dünnen Wurzeln der Pflanzen, die auf mein schlechtes Gewissen angewiesen sind und gleich folgenschwer die Köpfe hängen lassen, wenn ich einmal zwei Tage nicht da war. Wer wird mein Grab pflegen? Kurt? Oder werde ich Kurts Grab pflegen müssen? Oder kann ich uns noch von einer Beisetzung im Urnenhain überzeugen? Seite an Seite in die Mauern geschlichtet sein wie Getränkedosen in

einem Automaten. Außerdem wünsche ich mir einmal Franziskas Hände in der Erde über meinen sterblichen Überresten, oder Elias', wenn er zu Muttertag und Allerheiligen mit dem Enkelkind kommt und ein paar selbstgepflückte Blumen in die Vase steckt. Vielleicht spürt man das schlechte Gewissen durchsickern, das in erster Linie den Pflanzen gilt.
Wegen des Mitleids darf ich mich hier nicht zu viel einbringen. Aber auch nicht wegen des schlechten Gewissens. Warum bist du nicht so bei deiner Mutter gesessen, frage ich mich. Oder bei Cornelia. Oder bei der Tante. Jetzt sind sie alle tot und du hast es verabsäumt. Du sitzt bei einer fremden Alten und scharrst ein bisschen an den kahlen Flecken, dort, wo nichts anwächst. Ich hoffe darauf, dass die Geschichten der Menschen miteinander verbunden sind. Die Vergangenheit wohnt unter der Grasnarbe, man muss nur die Löcher im Gras suchen und warten, irgendwann zeigt sich ein Pelzchen und man kann die Wahrheit an den Ohren oder am Schwanz aus der Erde ziehen, und wenn man ihre Gesichter sieht, sind es lauter alte Bekannte: Konkurse, uneheliche Kinder, unerfüllte Liebe, ein bisschen Nazivergangenheit. Oder ein liebevoller Zugang zu Cornelia.

Roswitha und ich sind auf dem Begräbnis ins Gespräch gekommen, weil wir ums Eck wohnen. Wir waren uns einig, dass man den Russen nicht zwei Grundstücke nebeneinander verkaufen sollte. Weil sie nur geschmacklose Glaspaläste darauf bauen und die Bäume fällen. Und dass sie natürlich Cornelia von früher kenne, dass Cornelia mit ihr in der Tanzschule gewesen war. Und davor waren sie gemeinsam in der katholischen Jungschar gewesen. Dass sie mich schon gekannt habe, als ich mich mit dem Kinderwagen den Berg hinaufgeplagt habe, erst mit der Tochter darin und dann mit dem Sohn, und die Tochter daneben habe gemault und gezetert.

Sie atmet ein bisschen schwer. Ich solle mir nehmen. Folgsam bestreiche ich ein kleines Stück Brot mit Butter. Was ich denn wissen wolle. Ich kaue langsamer und lege das Brot auf den Teller. Ich würde gerne fragen: Wie war Cornelia denn so. War sie eine liebe Freundin? Warum traue ich mich das nicht. Ich frage, was mir als nächstes in den Sinn kommt. Ob sie etwas von einem Alois wisse. Alois? Ihr Blick wird schmal, man sieht, wie die Gehirnregion gewechselt wird, die ganz nahe Vergangenheit wird verlassen, sie wühlt in den Schubladen der vorhergegangenen Jahrzehnte, nichts ist dort ordentlich abgelegt.

Cornelia hat vor ihrem Tod ein paar Mal nach ihm gerufen, versuche ich zu helfen. Sie schüttelt den Kopf. Sie wisse nur, dass Cornelia eine anständige Frau gewesen sei. Ich beeile mich, das zu bestätigen. Sie nickt zufrieden. Dass sie gerne und gut Schi gefahren sei und gerne Ärztin geworden wäre, sagt Roswitha jetzt. Oder Geologin! Ich nicke. Es hat keinen Sinn. Das schlechte Gewissen wird nicht kleiner, im Gegenteil, eine Panik kommt auf, die Unaufgeräumtheit der Küche wird von Minute zu Minute unerträglicher, ich will jetzt keine Geschichte über den Krieg hören, über die Besatzungszeit oder ihren vestorbenen Ehemann, so viel Ungesagtes, das schon so viele alte Frauen erzählt haben. Es ist immer dasselbe. Ich wechsle das Thema, die Russenvilla ist eine willkommene Ablenkung, sie steigt darauf ein, ob ich wüsste, dass der Russe eine unterirdische Garage errichten lasse, in die zehn Autos hineinpassen werden?

Als ich das Brot hinuntergewürgt habe, erkläre ich meinen frühen Aufbruch damit, dass ich Kurt etwas zu essen richten müsse. Das versteht sie natürlich.

Später stehe ich ratlos vor dem Haus. Die Vergangenheit ist eine dünne Schnur, die mir aus der Hand gleitet. Ein Auto fährt vorbei, mit einer jungen Frau am Steuer, ein alter Mann am Beifahrersitz; er hat die Augen geschlossen, das Gesicht in der Maisonne, als litte er unter einem produktiven Schmerz, den man nur aushalten müsse und dann käme danach etwas Besseres, wie bei einer eben veratmeten Wehe.

Daheim sind die Renovierungsarbeiten im Gange, die während der Begräbnisvorbereitungen weitergehen mussten, weil sie jahrzehntelang verschleppt wurden und Cornelia das auch gewollt hätte. Vor einer Woche ist die Karawane mit ihren Säcken und Geräten und Arbeitern ins Haus eingezogen. Eine neue Therme, neue Verrohrungen, neue Böden im Vorraum. Was im Erdgeschoß anfällt, wird auch noch gemacht, sagt Kurt. Diverse Arbeiter steigen in unseren Keller hinab, Lärm und Staub steigen empor, ich weiß nicht, wer was macht, ich kann die Bauarbeiter nicht den einzelnen Firmen zuordnen, es sind Gruppen von ungepflegten Männern in grauen, weißen und blauen Arbeitsanzügen. Frühmorgens schon dringen sie in unser Haus ein und produzieren Schmutz in allen Aggregatzuständen. Zurück bleiben von Dreck getrübte Plastikflaschen und Schutthaufen, verteilt auf dem ganzen Grundstück. Wenn es heiß wird, werden sie in ärmellosen Leibchen durch mein Haus gehen und das Mobilklo neben unserem Eingang wird noch mehr stinken. Ich höre ihre Arbeitsgeräusche zu einem vielstimmigen Lärm anschwellen, der in alle Lücken des Hauses vordringt. Ich habe damit aufgehört, den Boden zu wischen, höchstens ein bisschen zu kehren erlaube ich mir. Kurt beaufsichtigt die Arbeiter mit fadenscheiniger Kompetenz, er geht immer wieder nachsehen, ob alles in Ordnung ist. Hat er nicht gemerkt, wie ihn der Heizungstechniker heute angesehen hat, mit einer merklichen Herablassung? Für ihre unverschämten Stundensätze könnten sie wenigstens Respekt zeigen.
Kurt tut mir leid. Manchmal sitzt er auf dem Steinbänkchen hinter dem Haus, wenn die Arbeiter weg sind. Ich möchte

ihn trösten, aber ich weiß, dass der Garten ihn tröstet. Die Buchsbäume und die Renovierungsarbeiten. Manchmal setze ich mich neben ihn und lege meine Hand auf seine Schulter.

Kurt sitzt in der Küche, trinkt Mineralwasser und schält einen Apfel. Ich setze mich zu ihm an den Tisch, er lächelt mir müde zu. Wie lange wird der Umbau eigentlich dauern, frage ich ihn. Er seufzt. Die Veranda, der Gartenweg neu verlegt, der Zaun ausgebessert … bis September sicher. Ich sage nichts. Aber dann haben wir zwanzig Jahre Ruhe, sagt er, mindestens. Er schiebt sich einen Apfel in den Mund und wir starren beide aus dem Fenster.

13

Franziska

5. Juni 2014
Einladung für Manuel

zu LEOs 4. Geburtstag
Wir feiern eine Ritter-Party!

Wann? 15:00-18:00
Wo? Herbert Grün Weg 4, Eitelbrunn

Euer L E O

PS: wegen der Geschenke bitte meine Mama fragen!

Manuel sitzt nur kurz im grauen Schalensessel, dann springt er wieder auf, die Sessel sind zu einer Sesselreihe zusammengeschraubt, um Chaos in der Ambulanz zu vermeiden, wieso an einem trostlosen Ort so viel Grau konzentriert ist, die Wände, der Boden, fleckiges Grau, wohin man sieht, wie im Ostblock, sagte Mutter früher, alles was trostlos war, wurde im Ostblock angesiedelt, als hätte Österreich keine Trostlosigkeit produziert, architektonisch wie landschaftlich, es riecht sogar grau, und keine Bilder, nur Anweisungen auf A4-Papier in Klarsichthülle an die abwaschbare Wand geklebt, zwischen die Impfplakate mit riesigen Monsterzecken, die aus schierer Bosheit nach Kinderbeinen greifen. Wenn sie nur besser strukturiert wäre und am Vormittag einkaufen gegangen wäre, anstatt an der Dissertation zu arbeiten, oder wenn Tom das Geschenk für den kleinen Leo wie vereinbart am Samstag besorgt hätte, während sie in der Yogastunde war, aber nein, sie musste noch alles in diese eine frühe Nachmittagsstunde quetschen, die eigentlich nur 45 Minuten dauert, zuerst zum Spielwarengeschäft, ein ganz bestimmtes Cars-Auto muss es für diesen kleinen Konsumtrottel Leo sein, und die Muttis müssen das ausbaden, mit vier schon so unflexibel, ein Auto, das im Kontakt mit Heißwasser die Farbe wechselt, von lila zu weiß, und dort musste Franziska auch ein Ritter-Kostüm für Manuel kaufen, damit ihr Kind richtig für die Kinderparty ausgestattet war, vor einem halben Jahr noch hätte sie am Vormittag flott Helm, Schild und Schwert aus Alufolie und Karton gebastelt, damals hätte sie genussvoll eingekauft und dabei eine ganze Stunde vertrödelt, aber seit sie den Termin für das Rigorosum hat, muss alles flott gehen, und wenn sie nicht noch schnell Milch und Brot eingekauft hätte, hätte Manuel nicht unbedingt die spanischen Himbeeren aus dem Obstregal essen wollen, und Franziska hätte ihm das nicht mit scharfen Worten untersagen müssen, und er hätte nicht versucht, sich zuerst seitlich aus dem Einkaufswagen hinaus nach den Himbeeren zu strecken und in seinem Zorn nach hinten durchzubiegen und gleichzeitig mit den Beinen aus dem Sitz freizustrampeln, sie kann sich gar nicht erklären, wie er das geschafft hat, er wäre jedenfalls nicht aus dem Sitz des Einkaufswagens gefallen, rückwärts, auf den Rücken und den Hinterkopf, sie hat sich gerade ganz kurz weggedreht zum Prosecco gegenüber, sie wollte ihm nicht zusehen bei seinem Wutausbruch, Franziska fragt sich, wie ihr nach fast vier Jahren Mutterschaft noch so ein Anfängerfehler passieren konnte, der ganze Supermarkt ist zusammengelaufen, Manuel schrie, aber nicht anders als sonst, sondern eben so, wie er immer schreit, wenn er sich weh tut, sie selbst war schnell gefasst, Manuel war ansprechbar und wirkte ganz normal, nicht so die Zuseherschaft, ein paar Damen und Herren waren ganz euphorisch vor Besserwisserei, einen Krankenwagen solle man kommen lassen, nicht zu spaßen sei mit Kopfverletzungen, und sie saß am Boden wie eine Pietà, das gefallene Kind in den Armen, und die Gesellschaft geiferte Trost und Rat auf sie herab, das schlechte Gewissen kam langsam, es musste sich den Weg durch den ersten Schrecken erst suchen, und sie konnte die Schuldzuweisung durch die scheinheilige Besorgtheit durchhören, für das Publikum war die Schuldfrage natürlich schnell geklärt, auch wenn es niemand aussprach, es war ihre Unaufmerksamkeit, ihr egoistischer Lebensplan, ihre Unstrukturiertheit, erst im Auto überfiel das Schuldgefühl sie mit voller Wucht, es war weder Manuels Schuld, der sich aus dem Wagen katapultiert hatte, noch Toms, der eigentlich den Einkauf hätte erledigen sollen, es war die gegen sie selbst gerichtete Gewissheit, in allem zu versagen, nicht nur dass sie ihr Kind aus dem Einkaufswagen kippen ließ, sie enthielt ihm auch die Kinderparty vor, stattdessen musste er in der Unfallambulanz herumsitzen. Er hat immerhin das Auto bekommen, das für das Geburtstagskind gedacht war, und er hat auf der Toilette schon ausprobieren dürfen, dass es auch wirklich die Farbe wechselt, sie kann und will sich nicht vorstellen, dass er etwas anderes als eine Beule hat, so wie er mit dem mittlerweile wieder auf violett heruntergekühlten Auto auf dem fleckigen Linoleum der Ambulanz herumkurvt, geht es ihm ausgezeichnet, diesem Dickschädel, was sind das für Flecken auf dem Linoleum, Blut, Eiter, Erbrochenes, Desinfektionsmittel, und unsichtbar darüber ein Teppich aus Krankenhauskeimen, die gegen alle Antibiotika resistent geworden sind, davon wimmelt es sicher nach einem langen Ambulanztag, eine Frau mit zu Säulen geschwollenen Beinen ist schon drangekommen und wieder weggeschlurft, und zwei Samariter haben vor einer halben Stunde einen Besoffenen mit blutverkrusteter Schläfe gebracht und ihn auf ein Rollbett am Gang verfrachtet, immer wieder versucht er, unter melodiösem Gestöhne von seiner Liege aufzustehen, und lässt es dann bleiben, soll das eine Ausnüchterung werden? Wie der wohl auf Manuel wirkt, ein verschrumpelter Mensch mit schmutziggelber Haut, der vor sich hin stinkt, Manuel sieht immer wieder zu ihm hin, aber er stellt keine Fragen, er hat es schon drauf, das rechtzeitige Wegsehen, der Anblick ist auch nicht schlimmer als der der Obdachlosen in Wien, die ganz verkrustet sind mit Dreck und Schrunden, Kleidung und Haut wachsen irgendwann zusammen und darüber ballt sich der Gestank, der fehlt bei diesem hier, oder dringt er gar nicht zu ihr, es geht erst vollends mit ihnen bergab, wenn sie in die Großstadt wechseln, weil Obdachlose die Anonymität suchen, und die gibt es hier nicht, das Wegsehen der Kleinstädter ist nicht so perfektioniert wie das der Großstädter. Da kommt ein Neuer herein, eine dickliche Frau begleitet ihn, spricht ein paar Worte mit der Frau an der Aufnahme, geht dann wieder und lässt den Jungen alleine zurück, in der Sesselreihe gegenüber, vielleicht Mitte Zwanzig, er lächelt Manuel an, als der den Kopf hebt, der Mund ist etwas schief, ein Sportler, der sich verletzt hat, vielleicht, das Hinken könnte auch ein Torkeln sein, Franziska will nicht schauen und nicht reden, sie will weg hier und noch schnell zur Ritterparty, ein Stück Torte für Manuel und ein Glas Prosecco für sie, der Prosecco liegt noch im Einkaufswagen, den sie einfach stehen hat lassen mitten am Gang des Supermarktes, vor zwei Stunden noch hat ihr vor der Party gegraut, sie hätte gerne ein paar Momente heile Welt mit den anderen Müttern gegen zwei Stunden Dissertation-Schreiben getauscht, aber alles ist besser als das hier, sogar das Geschwätz der Mütter, aber da fragt der Neue schon, mit einer Stimme, die noch nicht ganz dem Bubenalter entwachsen ist, was ist mit dir, er fragt Manuel, und der lacht und zuckt die Schultern, und als nichts weiter kommt, redet der Junge wieder, ich bin in einen Bach gesprungen, ohne vorher zu schauen, wie tief er ist, sagt er, und Manuel nickt, der Bursche hat dicke Haare, die man durchwuscheln möchte, er sitzt vornübergebeugt, ein bisschen asymmetrisch, und stützt die Unterarme auf den Oberschenkeln auf, sehr lässig für einen Ambulanzpatienten, Franziska wundert sich, dass das Kind keine Furcht zeigt, weder vor diesem grässlichen Ort, noch vor dem Besoffenen oder diesem Jungen mit seiner befremdlichen Geschwätzigkeit, ich bin aus dem Einkaufswagerl geplumpst, sagt Manuel jetzt. Von den Alten weiß man ja, dass sie sich immer auskotzen wollen, aber ein junger Mann sollte noch die Klappe halten können, ist es nicht traurig, dass der alleine in die Ambulanz muss und ein Kind anquatschen, war das seine Mutter vorhin und warum ist sie weggegangen, hast du auch einen blauen Hintern, fragt er Manuel, meiner ist blau bis zu den Knien, alles blau, sagt er, sie muss lächeln, wahrscheinlich hast du einen blauen Kopf, Manuel nickt, als er weiterredet, im Bach ist das Wasser braun und ich habe den großen Stein nicht gesehen, aber es gibt sogar Krebse dort, er hebt den Kopf und sieht in ihre Augen, ein brauner Fleck mitten in der rechten, ansonsten blauen Iris, als hätte die Pupille ein kleines Loch, aus der dunkle Farbe ausläuft, es ist so viel Aufmerksamkeit für sie und Manuel in diesem Burschen, Tom fällt ihr ein, der seit Tagen nicht mehr zu einer vernünftigen Uhrzeit nach Hause gekommen ist, so, dass er tatsächlich ein paar Minuten mit Manuel verbringen hätte können, ein bisschen Ballspielen im Garten oder eines ihrer Männergespräche, die jetzt schon mit viel Schulterklopfen ablaufen, Manuel hatte das von klein auf gemacht, wenn sie ihn hochgenommen und beruhigt haben, haben sie ihm auf den Rücken geklopft und er hat, sobald er es konnte, auf unsere Schulter zurückgeklopft, mit flacher Hand und auf eine skurrile Art väterlich, jetzt ist das Klopfen partnerschaftlich geworden und eine Vater-Sohn-Sache. Sie beobachtet, wie der Bursche mit Manuel spielt, er beugt sich jetzt weit über die Lehne und zeigt ihm, wie schnell das Auto von der abgerundeten Lehne des Plastiksessels in die Schale der Sitzfläche düst, sie findet den Burschen jetzt richtig sympathisch, hübsch findet sie ihn sowieso, er erzählt beiläufig von dem Krebs, den er fast gefangen hätte, und dass das Wasser eigentlich nicht wirklich schmutzig sein kann, auch wenn es braun ist, denn Flusskrebse brauchen doch sauberes Wasser, und auf einmal hebt er wieder seinen zweifärbigen Blick, und sie begreift plötzlich, dass das Gespräch ihr gilt, er will über Manuel Kontakt zu ihr aufnehmen, was ihm auch gelingt, in einem trüben Gewässer ist es wahrscheinlich der Kamberkrebs, sagt sie, und da lächelt er, als hätte sie einen Schaltkreis geschlossen, woher sie das weiß, fragt er, und sie erzählt ihm von ihrem Studium und von der Krebspest, die der Kamberkrebs überträgt, wenngleich er selbst dagegen immun ist, der Bursche heißt Jonas, was ist denn das für ein Name, und plötzlich stößt sich Manuel den Kopf, als er zu früh wieder unter dem Sessel auftaucht, und dieser Jonas hebt Manuel auf seinen Schoß, bevor Franziska reagieren kann, ist er schon fertig getröstet, und als sie aufgerufen werden, fragt Manuel Jonas, kannst du mitkommen? Zu dritt gehen sie hinein, Manuel hat sich wieder beruhigt, der Arzt ist gar nicht besorgt und sagt, dass das vorkommen kann, er leuchtet in Manuels Augen, tastet auf seinem Kopf herum und ordnet ein Schädelröntgen an, ob die Mutti oder der Vati mitgehen soll, und da muss sie lachen, dass man das glauben kann, dass sie einen gut zehn Jahre jüngeren Mann, sie muss lachen und geht mit Manuel zur Röntgenabteilung, nachdem Manuel tapfer den Kopf von allen Seiten durchleuchtet bekommen hat und sie wieder in den Warteraum zurückgekehrt sind, um auf den Endbefund zu warten, sitzt dort auch Jonas als letzter Patient in der Ambulanz, und auf die Frage, ob er auf den Befund warte, schüttelt er den Kopf und sagt, dass es nur eine Prellung sei, und dann sagt er: Ich warte auf meine Betreuerin, damit ich wieder meinen Entzug antreten darf, sie ist sprachlos, sie will ihn umarmen und trösten, aber da kommt auch schon die ungepflegte Frau in den Raum, er erhebt sich gehorsam und lässt sich liebevoll an der Schulter, aber doch: abführen, bevor Franziska fragen kann, nach einem Ort, einer Telefonnummer oder nach einem Nachnamen, ist er auch schon verschwunden, nicht ohne vorher zu winken und Kusshände zu schicken. Später beim Anschnallen Manuels kommen ihr die Tränen, von denen sie nicht weiß, ob es Erleichterungstränen sind, weil Manuel nichts passiert ist, oder ob sie Jonas gelten, oder der Zärtlichkeit, die über sie gekommen ist, weil ein fremder Mensch so lieb mit Manuel gespielt hat, oder weint sie, weil Tom so ein kalter Fisch ist, der sich selbst und sie nicht mehr zu begeistern vermag, erst als Manuel im Bett liegt, ruft sie Tom an, der einen Vortrag in Salzburg gehalten hat, und sein besorgtes, vorwurfsvolles Aufbrausen kränkt sie so sehr, dass sie gleich wieder zu weinen beginnen muss, Tom verspricht, gleich nach Hause zu kommen, dass er schnell fahren werde, aber es schon noch drei Stunden dauern könne, sie sieht noch einmal nach Manuel, der im Schlaf seufzt, und setzt sich dann auf ihre Terrasse, die zu zwei Dritteln der Raiffeisenbank gehört, sie sitzt aufrecht und steif, sie stellt sich vor, was eigentlich ihnen gehört, ein Drittel des Holztischchens, nur 2 der 6 Klappsessel, und nur ein Drittel der 16 Quadratmeter Terrasse, genaugenommen müsste sie es noch einmal durch zwei, zwischen Tom und ihr, teilen, ein bisschen mehr als 2,5m^2, wieviele Betonplatten sind denn das? Wem gehört dann Manuel? Sie spürt, wie fahrlässig das Glück konstruiert ist, aus Haus, Ehe, Gesundheit des Kindes, es ist lose zusammengefügt, Lebensinhalte, auf die sie keinen Einfluss hat, alles ist geborgt, nichts davon gehört einem wirklich, das Haus sowieso nicht, aber auch die Kinder nicht, weil sie sich jeden Moment in Gefahr bringen und aus dem System nehmen können, oder weil sie vor der Geburt sterben müssen, Tom gehört der Firma und sich selbst, und die Liebe gehört der Vernunft, und die Vernunft gehört wieder der Bank, es ist eine Art Kreislauf, in dem sich die Liebe lächerlich machen kann. Sie spürt die Enge der Terrasse sich ausbreiten, so eng die vielen kleinen Zimmerchen, und ihre Küche, ihre Bulthaup Küche, die wie ein Elefant in diesem Puppenhaus steht, und die beiden Badezimmer und drei Klos, das Zimmerkonzept ist auf zwei Kinder ausgelegt, wer braucht das eigentlich alles, dass so ein kleines verschachteltes Haus mit drei Menschen darin so eng und trotzdem zu groß sein kann. Über all das stülpt sich der Kredit, der alles zusammenhält, sie steht auf und schenkt sich ein Glas Wein ein, das ist der Gedanke, den man niemals denken darf, den sie bis jetzt gut an der Kandare gehabt hat, der sich jetzt freistrampelt, eine Rechnung tut sich auf, wäre Tom nicht, wäre das Haus nicht, wäre das Haus nicht, bräuchte sie Tom nicht, sie könnte alleine zurechtkommen, eine günstige Wohnung mit Manuel beziehen, und der abwesende Tom könnte seine Alimente auch aus der Distanz beisteuern, am Wochenende könnte er seinen Vaterpflichten nachkommen, ob er als Wochenendvater nicht engagierter wäre, sie denkt, dass sie wieder arbeiten können würde, halbtags, im Institut, oder für die Pharmabranche, ob so jemand wie Jonas als männliche Bezugsperson für Manuel herhalten könnte, als Bettgenosse für sie, gar nicht lächerlich, mit ihm könnte sie sicher mehr Spaß haben als mit dem alten Jakob, Jonas ist frei genug, sein Leben zu zerstören und das anderer sicher auch, und dennoch, in seiner ganzen Gestörtheit findet sie das bewundernswert, wie diese Männer im Jetzt leben, mit allen Konsequenzen nie über den Moment hinausdenken, nicht diese kleinliche Ernsthaftigkeit der Bürgerlichen, zu denen sie doch auch schon längst gehört, sie trinkt einen Schluck, sie muss mit der Denkerei aufhören, alles Flausen, die nirgendwo hinführen, und sie geht ein paar Schritte in den Garten, der kein Garten ist, sondern ein Witz, ein Gartenmodell bestenfalls, eine Unkrautplantage, ein Nacktschneckengehege, ein Katzenklo, sie versucht sich probeweise zu verabschieden, wie es sich anfühlen würde, das Haus zu verkaufen, sie denkt, so geht es vielleicht allen, nach außen spielen sie das Glück vor und heimlich rechnen sie herum, ob sich eine Trennung ausgeht, nur dass sich eine Trennung nie ausgeht, das ist das Naturgesetz der Vorstadtsiedlung, alles ist knapp genug kalkuliert, dass eine Trennung einfach nicht mehr ins Budget passt, sie wippt auf den Fußsohlen vor und zurück, Tom zu verlassen, wie wäre das, ein böser Stich in der Brust, aber auch eine minimale Erleichterung, das Gras ist nass und kalt, oder ist sie nur boshaft, fragt sie sich, und dass man auf dem Boden bleiben sollte und jetzt Schluss sein muss mit diesen Gedanken, abschließend stellt sie aber noch eines fest, von Manuel könnte sie sich niemals trennen, niemals, und sie trinkt schnell aus, stellt das Glas in den Geschirrspüler und läuft hinauf ins Schlafzimmer, weil sie meint, Toms Auto von der anderen Ende der Siedlung in die Tiefgarage fahren zu hören.

14

Elisabeth

HEILIGE TAUFE

VON

LUZIA BARBARA ACKERL

CHRISTOPHORUS-KIRCHE WIEN ALSERGRUND

30. 8. 2014, 14:30

Als sie weg sind, steht der Tisch im Baumschatten. Sie sind früh gegangen, wegen des Babys. Vielleicht gehe ich später noch schwimmen, wenn alles weggeräumt ist. Wo Franziska, Tom und Manuel gesessen sind, ist ein Teller unbenutzt, einer noch voll mit lieblos zermantschtem Kuchen und auf einem liegen ein paar vornehme Brösel. Wenigstens wird Franziska als Veganerin nie dick werden. Gegenüber sind Elias und seine kleine Familie gesessen, dort ist Chaos, und das, obwohl das Mädchen keine drei Monate alt ist. Raum musste geschaffen werden, für die Stoffwindel und das Wasserfläschchen, für den Schnuller in seinem kleinen Plastikbehälter und für das klingelnde Kuscheltier, sie haben sich auf dem halben Tisch ausgebreitet, dabei ist ein Glas umgefallen, das weiße Tischtuch hat einen hässlichen Saftfleck. Es fällt schwer, nichts zu sagen. Rechts daneben Elias' zukünftige Schwiegereltern: ein halbvoller Aschenbecher, ein angeschnäuztes Taschentuch, ein paar

Brösel Pfeifentabak, ein geleertes Rotweinglas und ein halbvolles Sektglas. Eine große Liebe wird das nicht zwischen diesen Leuten und uns, aber wir werden uns in mehreren Schritten arrangieren, unseren Kindern zuliebe sehen wir über weltanschauliche Differenzen hinweg, es war jetzt schon leichter verdaulich als letztes Mal, als wir gleich in eine Diskussion über die Verweiblichung der Bundeshymne verwickelt wurden und Kurt sich wahnsinnig zurückhalten musste.

Die KlugscheißerInnen, sagt Kurt zu ihnen, mit dieser Pause vor dem Binnen-I. Die feministische Ader des Schwiegervaters amüsiert ihn, und er ist schadenfroh, weil Frau und Kind Ackerl heißen werden, ohne blöde Doppelnamen. Zum ersten Mal seit Cornelias Tod wirkte er entspannt, und es gibt auch schon einen Termin für ein Thermenwochenende im Oktober. Auch mit dem Australian-Shepherd-Züchter bin ich schon in Kontakt, und sobald der nächste Wurf da ist, können wir nach Oberösterreich fahren und uns die Hunde einmal ansehen. Ansehen, hat Kurt bekräftigt. Immer wieder denke ich daran, wie es sein wird, in das Gewusel aus weichem Fell hineinzugreifen, mir einen Hund herauszuholen und das flaumige Bäuchlein zu streicheln. Ich kann es nicht erwarten.

Ich sitze auf dem Stuhl, auf dem Franziska gesessen ist, lege die schweren Beine auf Manuels Kindersessel und schließe kurz die Augen. Es ist zu heiß, um mit dem Wegräumen zu beginnen.

Elias ist Vater geworden. Es ist immer noch schwer zu fassen. Mit 22 ist er ausgezogen, bis 26 hat er seine Wäsche noch nach Hause gebracht, weil in seiner Garçonnière zu wenig Platz für eine Waschmaschine war. Man will sich die Kinder genausowenig beim Sex vorstellen wie die Eltern. Diskret zugezippte Taschen in der Wäschekammer. Ob er nicht damit rechnete, dass ich die besudelten Leintücher sehen würde? Vor allem die immer wiederkehrenden großen Blutflecken. Meine mütterliche Diskretion zur Seite schiebend, kam ich zu dem Schluss, dass menstruierende Frauen bei ihm übernachteten oder dass Elias trotz Regelblutung mit ihnen schlief. Und dass das ein gutes Zeichen ist, weil er also nicht dieses Grausen von seinem Vater geerbt haben konnte. Vielleicht ist sie gut gegangen, die Sexualerziehung, die nie stattgefunden hat, weil es keinen Weg gibt, es den Kindern ungezwungen vorzuleben so wie alles andere, das Streiten und das Essen, den Umgang mit dem Körper und dem Garten. Immer nur die Bücher und die Sexualerziehung in der Schule mit ihren trockenen, anatomischen Querschnitten. Vielleicht haben sie in der Schule Kondome und Tampons verteilt oder von der Knaus-Ogino-Methode gefaselt; aber wahrscheinlicher ist, dass er seine Sexualerziehung aus der Pornografie bezogen hat. Die Mädchen sind nach wie vor nicht zu beneiden.

Das Ende des Teiglings. Wie ein unfertiges Brötchen war Elias gewesen. Rohlinge oder Teiglinge heißen diese halbgebackenen Brote, die in der Fabrik vorgefertigt und erst in den Backstationen fertiggebacken werden. So sind diese Buben heutzutage. Nicht roh und nicht gebacken. Der Reifeprozess steckt fest, bis die richtige Frau mit den überzeugenden Argumenten kommt und sie in den Ofen schiebt. Diese Louisa hat ihn erwachsen gebacken. Ihr ist gelungen, was einer Mutter nie gelingen kann. Wie Elias das Kind hält, mit einem kleinen Rest Unsicherheit, an den leicht hochgezogenen Schultern erkennbar. Das Kind lässt sie näher zusammenrücken, wie ein Knäuel saßen sie den ganzen Tag beieinander, in der Kirche, später hier bei Tisch. Ich habe vergessen, wie klein Säuglinge sein können.

Franziska, das Gegenteil. Immer schon eine kleine Erwachsene, mit ihrer schlechten Laune und dem Verantwortungsgefühl für die ganze Welt. Als Kind schon mit der Furche zwischen den Augenbrauen, mit den strengen Gesetzen, die zu befolgen sie sich zwang. Weder Tom noch Manuel haben Franziska substanziell verändert, wie ich es erhofft habe. Dass sie weicher würde und femininer. Ein Mann und ein Kind, dachte ich, würden ihr die Ernsthaftigkeit und den Ehrgeiz schon austreiben. Wenn Louisa ein bisschen etwas von ihrer überschäumenden Mütterlichkeit auf Franziska übertragen könnte, die immer so gereizt und distanziert mit Manuel umgeht. Aber es war nicht Manuel, sondern das Kind, das gestorben ist, das sie am nachhaltigsten verändert hat. Sie wird ihr Studium tatsächlich beenden, sich hat mich gebeten, bis zum Jahresende einige Nachmittage die Woche auf Manuel zu sehen; und sie trägt die Haare offen. Nach der Sache mit dem toten Kind war es schwer gewesen mit ihr. Sie war noch spröder als sonst, sie sah ungepflegt aus und Tom wirkte, als wäre er auf der Flucht, aber sie ging gestärkt und irgendwie befriedet aus der Krise hervor.

So eine Ehe hält viel aus. Ich habe Kurt nicht erzählt, dass ich in der Kanzlei gewesen bin, vor fünfzehn Jahren. Man wird doch erfahren dürfen, wo man steht. Stünde.
Ich war froh, dass der Eingang über eine Seitengasse erfolgte, die noch dazu eine Sackgasse ist, obwohl man sich ja nicht schämen muss, wenn man einfach ein bisschen mehr wissen möchte.
Ein sogenanntes Orientierungsgespräch kostete damals noch 500 Schilling. Ich fragte, wie das theoretisch wäre, wenn ich mich zurückziehen wollen würde und Kurt nicht einverstanden wäre. Was passieren würde, wenn er einfach nicht mehr da wäre, ein Herzinfarkt, eine kleine Geliebte, die zu einer großen heranwachsen würde. Wer das Haus bekäme, usw. Die Kinder waren frisch aus dem Haus, und ich wollte mir eine Option vorstellen können, die nicht auf der Hauptverkehrsstrecke lag.

Eine Art Seitengasse. Was so eine Option in Altaussee kosten würde, wusste ich schon, ich hatte mich erkundigt, es war eine Frage des Seeblicks, eine kleine Garçonnière mit Veranda auf der Hinterseite des Hauses hätte ich aus der eigenen Tasche zahlen können, zumindest ein Jahr lang. Kalt allerdings. Dass mir langweilig würde, bezweifelte ich damals, ich kannte den Ort auch bei Schlechtwetter, wenn die Gärten tropfen und die Äpfel zwischen den Flechten glänzen, muss man damals wie heute weder den See noch den Loser jeden Tag sehen, es genügt mir dann der Geruch der Himbeersträucher und des Waldbodens. Edith lebte damals ja noch.

Eine schöne Frau in puderfarbenem Kostüm erwartete mich vor geöffneter Flügeltür, das Sternparkett knarrte, als ich hinter ihr her zum Schreibtisch ging. Die Anwältin war eine der besten damals, man sagte, sie sei geschieden und habe das Haus behalten, und die Kinder sowieso. Ich begann damit, dass ich mich eigentlich nicht scheiden lassen wolle. Dass es keinen Grund gäbe. Dass ich mir vorstellen konnte, eine friedliche Trennung auf Zeit zu erbeten, dass es aber Widerstand geben könnte. Sie hörte mir eine Weile lang zu, dann legte sie ihren Bleistift weg und verschränkte die Arme. Wie kann ich Ihnen denn genau helfen, fragte sie. Durch die Vorhänge sah ich die gegenüberliegenden Fenster, eine Haut legte sich zwischen die Stadt und mich, zwischen die Welt meiner Wünsche und die Geduld der Anwältin. Ob es Hinweise auf eine Eheverfehlung gebe?
Ich konnte sehen, dass sie ärgerlich wurde. Bestimmt verhandelte sie Fälle, in denen Ehemänner jüngere Frauen schwängerten und ihre familiären Altlasten ausbluten ließen, eherechtliche Leckerbissen, die ihre Virtuosität herausforderten. Man kannte diese Fälle, sie sorgten für wohliges Gruseln bei den Mittagessen mit den früheren Freundinnen. Man wusste

nie, wessen Schuld es war und wer begonnen hatte, aber man hatte eine Ahnung.
Ich beleidigte ihre akademische Intelligenz. Geht Ihr Mann fremd, fragte sie unvermittelt. Ein Bruch in ihrer Stimme, sie begab sich eine Stufe hinab, jetzt prüfte die Lehrerin zwischen Genügend und Nichtgenügend. Nicht mehr, log ich. Früher ziemlich sicher. Ob ich je daran gedacht hätte, einen Detektiv zu beauftragen? Und ob ich einer Tätigkeit nachginge? Ich schüttelte den Kopf und wurde ärgerlich. Ob ich denn wüsste, dass ich ohne Eheverfehlung, die nachweisbar sein müsse, keinen Anspruch auf Unterhalt hätte. Beim Wort »Eheverfehlung« richtete sie sich ein bisschen auf, unter der Verachtung meinte ich Mitleid spüren zu können. Sie empfahl mir zuerst eine Therapie, um mir klar zu werden. Ob ich das erwogen hätte? Warum ich mich überhaupt trennen wolle?
Gute Frage. Ihre Fingernägel waren weiß untermalt, früher musste man mit einem weißen Stift unter den Nagel fahren, heute malt man die Bögen mit weißem Nagellack auf die Oberseite der Nägel. Ich kann Ihnen nur raten, verheiratet zu bleiben. Oder suchen Sie sich einen Job. Irgendetwas wird sich doch finden lassen, Sie sind erst knapp Mitte Vierzig! Jetzt fehlten nur noch die Details, die nicht in Frage kämen für mich, die aber der Vollständigkeit halber erwähnt werden sollten. Sie sprach noch von Motivanfechtung, Informationsvorsprung und Stillhalten, während ich Beweise dafür sammeln könnte, dass eine Eheverfehlung stattgefunden hat. Falls eine stattgefunden hat, die nicht verjährt wäre. Die Stunde war um, ich bezahlte das Honorar bar, damit keine unverfängliche Post ins Haus käme. Mitfühlender Händedruck zum Abschied. Ich verließ das Gebäude ungeniert. Es gab nichts zu verbergen, weil es nichts zu holen gab. Vom Haus stand mir nichts zu; vom Unterhalt ebenfalls nicht, wenn Kurt nicht noch Gas gab und eine Eheverfehlung beging.

Ich lehne mich zurück und strecke mich, vereinzelt fallen Sonnenstrahlen durch die Tanne. Der Termin damals war wichtig. Die Seitengasse war eine Sackgasse. Das Paradies gibt es nur im Doppelpack mit dem Ehemann. Das habe ich nie vergessen. Würde Edith noch leben, ich würde uns beide beschimpfen, für unsere Naivität. Wie dumm wir waren, zu glauben, uns stünde etwas zu, eine Art Lohn für all die unbezahlte Arbeit.
Ob diese Damen auf der Sonnenterrasse wissen, wie abhängig sie sind, ob ihnen das klar ist? Als Kurt sich mit seiner ersten kleinen Geliebten eingelassen hat, hatte ich keine Ahnung, was genau passieren würde, wenn Kurt sich entscheiden würde, nochmal von vorne zu beginnen. Ich hatte geglaubt, es wäre klar, dass man entschädigt würde, für die Kindererziehung, für die Schmach. Wissen Sie, wie viel Ihr Mann verdient, hatte die Anwältin gefragt. Ungefähr, habe ich gesagt. All die Veranlagungen oder Polizzen, von denen ich nicht einmal wusste, wo Kurt sie aufbewahrte. Ob er ausländische Konten hat? Veranlagungen? Natürlich hätte ich weiterarbeiten können, nachdem die Kinder da waren. Aber hat Kurt mich nicht beschützt vor der Schmach, unter großer Kraftanstrengung einen bloßen Nasenrammel zu verdienen, mit dem ich nicht einmal ein Zehntel des Familieneinkommens beisteuern hätte können.
Vielleicht hat Kurt uns allen ein großes Opfer erspart. Haben die Männer unserer Generation uns nicht unterstützt? Heute heißt das Ausbeutung. Dabei haben sie uns bestärkt darin, uns zu entwickeln, uns in die Mutterrolle oder in ein klassisches Kostüm hineinzuentwickeln oder in ein Paar Pradaschuhe. Das Leben hat sich in seine Form gefaltet, und unser Glück muss dazwischen Platz haben. Als ich aufstehe, ist zum ersten Mal spürbar, dass sogar die Abendsonne ihre Kraft verloren hat. Ich stehe auf, staple die Teller, Tassen und Gläser auf das Tablett. Ich werfe die Servietten in den Altpapiercontainer und die Kuchenreste in den Mistkübel. Ich schüttle das schwere

Tischtuch aus und knülle es zusammen. Kurt füllt einstweilen Gift in den Vernebler. Er trägt kein T-Shirt, und sein Rücken ist von einer dünnen Schweißschicht überzogen, die im Tal der Wirbelsäule stärker glänzt als im Schulterbereich. Sein Nacken ist gerötet und die ersten Fruchtfliegen des Herbstes kleben auf ihm, ich möchte hingreifen und die kurz geschnittenen Haare im Nacken berühren, aber Kurt muss erst die Buchsbäume spritzen.

Später sitze ich am Beckenrand, die Ablaufrinnne schlürfend unter mir. Hinter den dunkelgrünen Hügeln des Waldes sind die ersten weißen Schlieren der in den Medien angekündigten Schlechtwetterfront sichtbar, die den Sommer beenden wird. Die Wetterkarte schiebt sich ostwärts über unsere Stadt, am Abend wird es regnen. Ich freue mich auf den Herbst. Meine Füße im Wasser. Kann ich nicht einfach so sitzen bleiben und nichts tun und die Leute mit ihren bunten Badeanzügen und Bällen und Tüchern sich um mich herum bewegen lassen? Ein Wimmelbild mit Menschen, die genug vom Sommer haben. Sogar die Kinder wirken abgearbeitet von den immerselben Turm- und Randsprüngen, von dem vielen Eis und der Langeweile vor der Schulzeit.
Nach dem Schwimmen bleibe ich vor der Tür zur Sonnenterrasse stehen. Die Gedanken, die ich haben werde, die Hitze, irgendwann Hunger. Das Zuhören. Eine Unlust, die älter ist als meine Besuche auf der Terrasse. Ich gehe gleich zur Kabine, ziehe mich an, creme das Gesicht ein und ziehe mit dem Zeigefinger die rote Furche nach, die die Schwimmbrille hinterlassen hat.

15

Franziska

12. Oktober 2014
sms
hallo f., kommst du jetzt zur babyshower von beatrice? Ich hab noch keine antwort … wenn du kommst, bitte bring eine flasche alkoholfreien prosecco mit ;-)). beatrice würde sich freuen! zahlst du beim ergo baby carrier mit? bis später, hoffentlich! lg susanne

Beatrice also würde sich freuen, was soll sie da Susanne zurückschreiben, sie lehnt sich an den Küchenblock, während die Kaffeemaschine läuft, Ich habe keine Lust, könnte sie schreiben, die neuen Baby-Freundinnen haben das Kommando übernommen und stehen Seite an Seite mit Beatrice an der Schwelle zum Muttiversum. Ich habe keine Zeit für so einen Blödsinn, würde sie am liebsten schreiben, sie selbst hat auch keine Babyshower gewollt bei Manuels Geburt, zugegeben, es war schwierig gewesen, sich die anderen Schwangeren diesbezüglich vom Leib zu halten, es ist eine Orgie gewesen, dieses ganze gruppendynamische Atmen und Meditieren und Damm-Einölen und Akupunktieren und Baby-durch-den-Bauch-hindurch-Streicheln, sie konnten es gar nicht erwarten, dass die Babys endlich heraußen waren, damit sie sie wickeln, füttern und massieren konnten. Sie hat versucht, nicht allzu sehr hineinzukippen, ihr war die kollektive Auflösung der Individuen unheimlich, die Betriebswirtin, die Floristin, die Meteorologin, sie verschwammen zu einem Kollektiv, das wiederum mit seinem Nachwuchs zu verschmelzen drohte, prä- und postnatal, es riss sie mit, aber sie merkte, wie es sie auch von Tom wegsaugte, und wäre Manuel entspannter und kein Schreibaby gewesen, sie wäre vielleicht hinein gekippt. Etwas von ihr musste übrig bleiben, für die Zeit danach, wenn Manuel groß ist, dann ist sie Mitte fünfzig, was ist dann, welche Bedeutung hat sie dann, welche Beschäftigung, die nicht Garten oder Küche oder Schönheit betrifft, dann ist ihr Leben wie das von Mutter, die die Zeit rechtschaffen totschlägt und Vater ständig in den Ohren liegt mit ihren Urlauben, die er nicht mit ihr machen will, was war vor Manuel, sie hat gar nicht an Kinderkriegen gedacht, nur an die Umwelt und das Studium, und dann ist es doch passiert, ein erstes Mal und ein zweites, der Pflichtendschungel, Folsäure, Parmesanverbot, Kaffeeverbot, aber gegen Trisomie 18 hilft nicht die größte Vorsicht, sie hätte sich wieder darauf eingelassen, sie hätte sich von der Mutterschaft überwuchern lassen, und wenn es gesund gewesen wäre, volle Kraft voraus, zuerst die Bedürfnisse des Babys, dann die Manuels, dann das Schlafbedürfnis, dann lange nichts, dann irgendwann Toms Bedürfnisse, die Männer sind arme Schweine und merken es nicht einmal, die Erzeuger, die Geldverdiener, die sexuellen Schattengewächse, aber man kann schrittweise zurück, wenn das Kind abgestillt ist, wenn es durchschläft, wenn es isst und trocken wird, immer einen Schritt vor den anderen setzen, nimmt sich Franziska vor, seit Manuels drittem Geburtstag ist es besser, da lichteten sich die Pflichten, sie kann zurückblicken, vorausblicken, sie kann den Kopf wieder drehen, das Leben vor ihr liegt sonderbar brach, die beruflichen Ziele, das Private, die Beziehung zu Tom, als wäre das Leben nicht gewachsen, sondern beschnitten, gefällt, umgeackert, wie kann man neu beginnen, was könnte man neu auspflanzen, Sex-Setzlinge, Zärtlichkeitssetzlinge, Jobsetzlinge, sie weiß nicht so recht.

Sie wollte ein weiches Shirt anziehen, aber es ist nur mehr grobe Baumwolle da, Tom ist mit Manuel auf dem Spielplatz, damit sie arbeiten kann, aber nebenbei geht bei ihm gar nichts, eigentlich ist überhaupt keine gebügelte oder gefaltete Wäsche mehr da, nur mehr ungebügelte Wäscheberge. Seit sie so intensiv an der Dissertation arbeitet, liegt der Haushalt lahm, sie fischt im Wäschekorb, warum passiert da nie etwas, wenn sie nichts macht, im Haushalt entstehen Krater und Risse, die nicht aufgefüllt, nicht überbrückt werden, und an den dunklen Stellen füllt sich das Haus mit Staub und Lurch, ein paar Wochen muss sie noch durchhalten, wenn man nicht staubsaugt, verdichten sich die Staubflusen vielleicht zu einem Teppich, durch den man waten muss, und wenn sie nun auch nicht einkaufen würde und einfach hungern und alle müssten mithungern, dann würden sie schon noch einkaufen gehen, obwohl, es würde Manuel treffen, denn Tom isst ja auswärts, schade. Sie selbst hielte das Hungern am längsten durch, sie hatte auch gedacht, sie könne Tom mit Wäschestreik unter Handlungsdruck setzen, aber sie hat sich geirrt, er trägt nur noch Hemden und Anzüge und bringt sie in die Putzerei, er weicht ihrer Verweigerung geschickt aus, und ihr bleibt das nervtötende Gewühle im Wäscheberg für sich und Manuel. Warum kann nicht einmal Tom während des Fernsehens, beim Kochen, vor dem Schlafengehen die Wäsche machen so wie sie, sie tritt die Wäschekörbe mit dem Fuß in die Kammer zurück und schließt die Tür, die Abstellräume sind ihre geduldigsten Haushaltshilfen, sie öffnen ihre Mäuler und fressen die ungetane Hausarbeit, die Problemstoffe, das Altglas und das zu klein gewordene Gewand, das ausgemusterte Spielzeug, einiges kann ausgelagert werden, man gewöhnt sich an Fertigprodukte, Manuel schmecken sie auch besser, Tom ist heikel, er will seine bestimmte Espressotasse und seine bestimmte Müslischüssel, also räumt er den Geschirrspüler ein und aus, zumindest das, ein kleiner Sieg. Sie hat sich das, was sie als Büro bezeichnet, in der Ecke des Wohnzimmers eingerichtet, die noch frei war, sie hat ein kleines chinesisches Sideboard, das sie einmal von Mutter geschenkt bekommen hat, zum Fenster gestellt, wo es an ein Ikea-Regal angrenzt, aus dem sie zwei Reihen Bücher, die ihres Wissens niemand gelesen hat, ausgeräumt und ihre Papers und Fachbücher, aus denen sie zitiert, eingeräumt hat, sie hat die Bücher in eine Kiste gegeben und in die Abstellkammer geräumt, sie hat das Bild von Manuel und das Hochzeitsfoto an der Wand neben der Glasfront aus dem Blickfeld entfernt, so sieht sie unabgelenkt in den Garten, auf ihre Hainbuchen-Hecke und auf die nächste Reihe der Reihenhäuser, das ist zwar nicht besonders inspirierend, das soll es aber sowieso nicht sein, Hauptsache, sie sieht nicht die Geschirrstapel und wie sich die Bereiche vermischen, ein paar Spielzeugautos stehen kreuz und quer am Tisch, dazwischen Salzstreuer und Zeitung und Post vom Kindergarten und von der Sozialversicherung, für die sich Tom sichtlich nicht zuständig fühlt, in der Obstschale eine Zitronenmumie neben einer Hochzeitseinladung und daneben noch mehr ungeliebte Post von der Bank, sie zwingt sich, wieder in den Bildschirm zu sehen, am liebsten würde sie die Danksagung schreiben, ich danke mir und ausschließlich mir, dass dieses Studium entgegen aller Widrigkeiten fertig geworden ist, könnte sie schreiben, denn niemand hat mir geholfen mit der Hausarbeit oder der Kinderbetreuung, nur zum Schluss ein bisschen Tom, und vielleicht könnte ich Mutter ein bisschen danken, denkt sie, dass sie sich nicht in die Wahl des Studiums eingemischt hat, aber sie müsste den Dank schmälern um die Unterlassung der Vorbildwirkung, der Kaffeefirma könnte sie uneingeschränkt danken, und ihrer Tochter, die nicht zur Welt kommen durfte, weil sie sie sonst von der Arbeit abgehalten hätte.

Wie das die Kinderärztin macht, bei der sie jetzt mit Manuel

war, die ihr Studium während der beiden ersten Kinder absolviert und dann noch ihre Facharztausbildung neben dem dritten Kind erledigt hat, wie machen die das, die beruflich erfolgreichen Mütter, die ihr Recht auf Bildung eingelöst und sich trotzdem nicht der Fortpflanzung verweigert haben, wie sieht es bei denen zu Hause aus, stapeln sich da der Dreck und die Rechnungen?
Hätte sie sich einfach von der Mutterschaft breitschlagen lassen sollen, so wie viele andere in der Babyspielgruppe, damals war sie noch willig gewesen und wie betäubt von den Hormonen, sie hört noch das zufriedene Gesäusel der Mütter, die sich zur Babyschwimmtrainerin oder Zwergensprech-Kursleiterin zertifizieren lassen haben, und wie gut sich das mit der Familie vereinbaren ließe, aber damals kam es ihr schon komisch vor, dass eine ganze Generation gutausgebildeter und gesunder Frauen so viel Rat benötigen sollte, um ein Kind zu gebären, zu stillen, zu tragen, großzuziehen, sogar eine eigene Zeichensprache sollte man lernen, um mit den Kindern zu kommunizieren, das ging doch zu weit.
Franziska hätte vielleicht das Nächstliegende wählen sollen, ohne falschen Ehrgeiz und ohne großen Anspruch, die jahrelange Quälerei mit dem Studium, sie hätte früher Arbeit suchen sollen, doch jetzt ist es bald zu Ende, sie hat übermorgen ein Bewerbungsgespräch in einem Umweltlabor nicht weit von hier, dafür braucht man keinen Doktortitel, aber so ein Doktortitel schadet auch nicht, sie kann sich den umhängen wie einen Orden, sie kann den Titel einstreuen, wenn ihr ein Polizist blöd kommt oder wenn sich in einem Gespräch wieder einmal der Verdacht einschleicht, sie hätte nichts zu sagen, dann wird sie fallen lassen, dass sie vielleicht wieder auf ein Forschungsschiff gehen werde, dieses Mal vielleicht im Amazonasgebiet, bestimmt gibt es dort eine Umweltproblematik, die nach einer seefesten Toxikologin schreit. Das ist jetzt aber schon

etwas lächerlich, wer stellte denn überhaupt diese Ansprüche, hat nicht Tom diese Ansprüche an sie gestellt, indem er sich in die Akademikerin Franziska verliebt hat, war er nicht euphorisch gewesen, damals, als er an ihren Lippen gehangen war, wenn sie von ihrer Zeit auf der Humboldt erzählte, warum hat er sich nicht ein Hausmütterchen zum Kinderkriegen gesucht, wie das klingt, nach einem pelzigen, rundlichen, einfältigen Wesen, doch die Frauen, die die Babyshower ausrichten, sehen alle nicht so aus, manche kennt sie von der Hochzeit, gepflegt, schlank, gut gekleidet und nie um ein gewähltes Wort verlegen, wenn es um die Präsentation der Idylle in den eigenen vier Wänden ging und darum, diese zu verteidigen. Franziska ärgert sich schon wieder über diese eine, neben der sie bei der Hochzeit gesessen ist, die lautstark die Unvereinbarkeit von Beruf und Familie behauptet hat, ohne jemals gearbeitet zu haben, und eine Art lebenslanges Muttergeld gefordert hat, als wäre das eine Zukunftsvision, Franziska hat sich auf die Zunge gebissen, sie hätte gerne gefragt, wozu hast du studiert, solche Frauen wie du arbeiten den Maskulinisten doch in die Hände, und Gnade dir, wenn die Ehe nicht stabil ist, wenn du dann umsonst auf Unterhalt pochst, selbst wenn die Ehe hält, wenn die Kinder groß sind, wirst du dann auch so eine nervige Glucke werden wie Mutter, die nicht wusste, wohin mit der Liebe und wann Schluss sein musste mit der Mutter-Kind-Bande, das hat sie alles nicht gesagt, dass die Haustiere und der Garten abbüßen müssen, was die Mutterliebe nicht mehr zu befriedigen vermag, die Qualität der Mutterliebe muss mitwachsen, in die Pubertät kommen und erwachsen werden, aber Franziska bremst sich an dieser Stelle wieder ein, sie sollte jetzt wirklich zum Thema zurückkommen.

Sorry, geht nicht, tippt sie jetzt in ihr Handy, muss arbeiten, sie schickt das SMS nicht weg, Franziska kann nicht kommen, sie muss die Zeit nutzen und endlich das letzte Kapitel der Dissertation fertigschreiben, der Literaturteil muss noch überarbeitet werden, die Tabellen gehören noch formatiert, und zuletzt das Abstract, sie darf auch die Danksagung nicht vergessen, und sie sollte sich endlich die Haare waschen, sie will keine Cake pops essen und keinen alkoholfreien Prosecco trinken, sie will keine Windeltorte originell finden und schon gar keine Kinderlieder singen, wie schnell man der Informationen überdrüssig wird. Sie ist hin und her gerissen, kann man Beatrice schutzlos den Frauen überantworten, man kann, aber sie würde trotzdem gerne da sein und nicht viel sagen, wie immer, nur ein bisschen, Beatrice zuliebe wird sie ein bisschen Gegenwind produzieren, ihr Ego straffen wie ein Segel, gib Acht, wird sie nicht zu Beatrice sagen und sich nicht erheben wie eine Wahrsagerin, die Mutterschaft ist eine Rutsche, es geht flott bergab und du legst wahnsinnige Distanzen zurück, aber nachher musst du alles wieder hinaufgehen, und dabei musst du auf dich und deine Pläne aufpassen, damit sie nicht ersaufen und von Lastwägen überrollt werden, sieh mich an, wird sie nicht sagen, wie fett meine Haare sind und wie unappetitlich mein Haushalt ist, im Spülbecken meiner Bulthaup Küche kleben Nudeln und der Rest von der Fertigpizza, aber das ist der Preis, den du zahlst, damit du vielleicht unabhängig sein kannst, irgendwann, wenn es vielleicht sein muss, wenn es mit dem Posaunisten doch nicht passen sollte, sie möchte ihr zurufen, dass diese Freundschaften mit den anderen Muttis nicht bestehen bleiben, dass sie an gemeinsame Aktivitäten gebunden sind, an Babyspielgruppen und Babymassage, an Babynahrungs-Vorträge, dass das Band zwischen ihr und den neuen Babyfreundinnen immer nur so dick ist, wie die Kinder es knüpfen, aber Beatrice wird das schon machen, sie ist eine Spätgebärende, die sich für einen Künstler entschieden hat, das ist schon mal ein Wesenszug, der sie von den anderen

unterscheidet, Kunst schützt vielleicht vor Verblödung, und vielleicht wird Franziska Beatrice zur nächsten Lesung überreden müssen, um sie aus ihrem Fläschchen- und Windel-Alltag zu erlösen, wie damals umgekehrt.
Wer hat denn da auf ihr Journal of Toxicology gekritzelt, Manuel natürlich, er hat einen Zebrafisch abgezeichnet, ein kleiner Fisch, der eine Art Pyjama trägt, sie muss lächeln, ist sich Beatrice bewusst, was sie sich antut, was sie ihrem Partner antut, man kommt da nie wieder heraus, alles andere kann man brechen, Beziehungen, Verträge, Schwüre, Versprechen, aber die Elternschaft, für die gibt es kein Ausstiegsszenario, und für die Beziehung zum Kindesvater genaugenommen auch nicht, das genetische Band ist unzertrennlich, egal wie sie sich entscheidet, Tom wird immer in ihrem Leben sein und der Posaunist immer im Leben von Beatrice, bei den Geburtstagen und bei der Matura, bei der Hochzeit und der Taufe seines Kindes, es werden die Väter immer dabei sein, persönlich, im besten Fall, oder als schreckliche Lücke, im schlechtesten Fall. Die Festlichkeiten sind Knotenpunkte, an ihnen verhärten sich Traditionen zu Gesetzen, nach denen wir innehalten und einen Schritt zurücktreten, zurückblicken, auf die Tochterrolle, Vaterrolle, Mutterrolle, Opferrolle. Es müsste ein Fest geben, das man alleine feiert und vorausfeiert, ein Doktorin-Franziska-Fest, das heute und hier sie mit sich selbst feiert, anstatt wieder in der Gruppe das zu tun, was alle tun, einen Abschluss feiern, das Ende der Freiheit bei der Hochzeit, das Ende der religiösen Ungebundenheit bei der Taufe, das Ende eines Lebensjahres, eines Kindergartenjahres oder einer Arbeitstätigkeit.
Sie würde auch zuerst zurückfeiern, bevor sie vorausfeiern würde. Sie würde jedes Stück feiern, das aus ihr herausgebrochen ist, eines, als das Baby gestorben ist, und ein anderes, als das mit Jakob war, wieder eines, seit Manuel aus dem Einkaufswagen gefallen ist, ein kleines, glitzerndes für Jonas, einen

großen fossilen Einschluss für Ralph, sie öffnet eine Textdatei, sie richtet eine Seite ein, im Querformat, 210 x 100 mm, zum Auf- und Zuklappen müsste es sein, Einladung, schreibt sie und dann: Promotion, am 6. 2. 2015, zur Probe, das könnte sich sogar ausgehen, der 6. 2. ist ein guter Termin, Termine sind grundsätzlich etwas Gutes, wenn man auf etwas hinarbeiten und sich von dort abstoßend wieder wegarbeiten kann zum nächsten Termin, zum nächsten Fest, zum nächsten Lebensziel, denkt sie, und dazwischen findet das Leben statt. Ihr Doktorin-Franziska-Fest nähme Bezug auf die Knotenpunkte in der Zukunft als Toxikologin, als Chefin, als Alleinerzieherin, als Schiffskapitänin, als Großmutter und vielleicht einmal als Marathonläuferin oder Yoga-Guru, sie schreibt die Adresse der Universität dazu, sie druckt das Papier aus, faltet es zu einer Einladung und stellt diese auf die Küchenablage, direkt neben die aktuelle Muttertagskarte, die dieses Jahr in Sonnenblumenform ausgefallen und schon wieder ein bisschen fettverklebt und verstaubt ist. Es gäbe ihren Lieblingswein und Kürbiscremesuppe zu Mitternacht, sie würde nur einladen, wen sie wollte, und sie würde auf einem Schiff feiern, und sie wird mit einem Mal ganz ruhig, als würde sie in Shavasana, der Totenstellung, entspannen, aber im Stehen anstatt im Liegen, eine der schwierigsten Positionen, sagte die Yogalehrerin, weil wir immer agieren wollen und müssen und nie einfach präsent sind im Jetzt, wie vor einem Mahnmal steht sie mit der Einladung vor der Küchenablage da und versinkt in ihrem Atem, und es wird noch ein bisschen dauern, bis sie sich aufmachen und das Haus verlassen kann.

Dank an Marlene Streeruwitz für die Ermutigung zu »Kaiserbad«.

Dieser Roman wurde mit Unterstützung des
Literaturstipendiums der Kulturabteilung der Stadt Wien
und des Projektstipendiums des Bundeskanzleramtes realisiert.

Umschlag: & Co, www.und-co.at
Satz: AD
Druck: Theiss

ISBN: 978-3-85420-963-8

Literaturverlag Droschl Stenggstraße 33 A-8043 Graz
www.droschl.com